Meir Kucinski

IMIGRANTES, MASCATES & DOUTORES

Imigrantes, Mascates & Doutores

MEIR KUCINSKI

ORGANIZAÇÃO E SELEÇÃO Rifka Berezin
Hadassa Cytrynowicz
ILUSTRAÇÕES Meiri Levin

Ateliê Editorial

Copyright © 2002 Bernardo Kucinski

Direitos reservados e protegidos pela Lei 9.610 de 19.02.1998.
É proibida a reprodução total ou parcial sem autorização,
por escrito, da editora ou do autor.

Direitos reservados à
ATELIÊ EDITORIAL
Rua Manuel Pereira Leite, 15
06709-280 – Granja Viana – Cotia – SP
Telefax: (0--11) 4612-9666
www.atelie.com.br
e-mail: atelie_editorial@uol.com.br

Printed in Brazil 2002
Foi feito depósito legal

SUMÁRIO

Notas Referentes à Transcrição Fonética – Rifka Berezin 9
Agradecimentos 11
Prefácio – Rifka Berezin 13

IMIGRANTES, MASCATES & DOUTORES

PROFISSÃO: MASCATE 31

Fim do Mês 33
O Fiscal 41
Itzikl, o Mascate de Ouro Velho 49
Mona Lisa 55
O Doutor e o Mascate 63

MASCATES, ARTISTAS, DOUTORES, NOVOS-RICOS 79

Neurose 81
O Ator e o Professor Catedrático 91
Champagne Autêntico Francês 101
A Mulata 105

AINDA HISTÓRIAS DE IMIGRANTES 111

O *Minian* 113
Alguma Coisa, Pelo Menos, Consegui! 125
As Irmãs 139
Mazl-Tov, Parabéns 157

ECOS DO HOLOCAUSTO 171

A Prédica 173
Mitzves, Boas Ações 181
O Tio 191

MEMÓRIAS DAQUELES TEMPOS 197

Schulamis 199
Kádisch, a Oração pelos Mortos 203
Raça 211

MEMÓRIAS DA POLÔNIA 221

O Homem mais Forte do Mundo 223

Notas bibliográficas – Hadassa Cytrynowicz 247
Glossário – Hadassa Cytrynowicz 249

NOTAS REFERENTES À TRANSCRIÇÃO FONÉTICA

RIFKA BEREZIN

P ROCURAMOS adotar a transcrição fonética do ídiche para o alfabeto latino da forma mais próxima para o leitor da língua portuguesa, seguindo as regras já estabelecidas no nosso meio em outras traduções do ídiche e do hebraico, como segue:

- *sch* como *ch* de chora. Exemplo: *fisch* (peixe); *schtetl* (cidadezinha).
- *kh* = h aspirado em português ou jota espanhol. Exemplo: *khaver* (amigo, companheiro); *nussekh* (estilo); *Tanakh* (Bíblia Hebraica).
- *k* = como *q* de querido e *c* de colega. Exemplo: *klaper* (mascate); *kádisch* (oração pelos mortos); *dokter* (doutor).
- *tz* = como *zz* de pizza. Exemplo: *tzadik* (justo); *mitzves* (preceitos religiosos).

AGRADECIMENTOS

A EDIÇÃO DESTE LIVRO é o resultado do trabalho desenvolvido nas aulas de ídiche do Curso de Hebraico da USP, dentro do Projeto – Ídiche – Família Rosenski (1992-1997). Nossa homenagem, pois, à memória do Sr. Samek Rosenski de abençoada memória. A continuidade do Projeto Ídiche na Universidade de São Paulo foi mantida graças ao apoio da Família Kielmanowicz, a quem apresentamos nossos reconhecimento. Cabe-nos agradecer, particularmente, ao Dr. José Knoplich, presidente da Federação Iaraelita do Estado de São Paulo naquela data, que viabilizou a execução do Projeto Ídiche na Universidade de São Paulo. Um agradecimento especial aos alunos, tradutores e a aluna ilustradora que, com tanto entusiasmo e amor, trabalharam nas traduções das narrativas, escritas em ídiche, sob a direção da professora Hadassa Cytrynowicz. Somos gratos a Jacó Guinsburg pelas suas observações relativas à tradução que contribuíram para o seu aperfeiçoamento.

Agradecemos a Roney Cytrynowicz pela sua leitura interessada e comentários.

A Maria Nair Moreira Rebelo nosso muito obrigado pelo seu envolvimento neste trabalho e pela sua revisão cuidadosa.

Agradecemos também a Donizete Scardelai pela colaboração

na preparação do texto. Somos gratos a Cecília Schwartz que sempre cuidou com dedicação e competência do Projeto Ídiche da Universidade de São Paulo.

Um agradecimento especial a Ada Dimantas pela sua colaboração em diversas fases deste trabalho e principalmente, pela solução dos vários problemas surgidos no decorrer desta edição.

Graças a todos os colaboradores pudemos atingir o nosso objetivo de difundir e revelar os tesouros da literatura ídiche para os leitores de língua portuguesa.

Muito obrigada.

Rifka Berezin

PREFÁCIO

RIFKA BEREZIN

NESTE prefácio apresentarei um breve panorama da literatura ídiche no Brasil para, em seguida, falar de Meir Kucinski, o escritor e o professor.

A língua ídiche foi o principal veículo de comunicação criado pelos judeus asquenazitas na Europa, no decorrer do último milênio.

Quando, no século XIX, ocorreram os grandes movimentos migratórios dos judeus asquenazitas dos pequenos povoados, do *schtetl* e das grandes cidades da Europa Oriental rumo ao Ocidente da Europa, ao Novo Mundo e a Israel, o ídiche cumpriu o papel fundamental de propiciar a ligação entre os imigrantes judeus. Era nesta língua que os judeus – provenientes de diferentes países – podiam conversar livremente.

Entender a história judaica da Europa do século XIX e fins do XVIII, conhecer o caráter e o mundo espiritual, os ideais e as ideologias dos imigrantes judeus asquenazitas, fundadores das novas comunidades nos novos países de imigração, implica conhecer o ídiche e a sua cultura. A literatura ídiche desse período tumultuado da vida judaica produziu obras inovadoras que expressam a vida dos judeus asquenazitas nos diferentes ambientes, as perseguições que sofreram e suas lutas sociais.

Já no final do século XIX começavam a chegar ao Brasil judeus asquenazitas, falantes do ídiche, vindos de diferentes países da Europa Oriental.

Nem todos os imigrantes provinham do *schtetl* (aldeia). Alguns viviam em povoados maiores e a maioria dos escritores e leitores da literatura ídiche habitava as grandes cidades.

Foi a língua ídiche que congregou os imigrantes asquenazitas que chegaram ao Brasil a partir do final do século XIX e, em maior número, nas primeiras décadas do século XX. Aqui chegados, os imigrantes deram início à sua vida comunitária, à organização religiosa da comunidade, à fundação das instituições assistenciais e escolas para os novos imigrantes que continuavam chegando.

E, quase ao mesmo tempo, fundavam jornais impressos em ídiche. O primeiro, *Di Mentscheit* (*A Humanidade*), publicado em Porto Alegre, em 1915, teve curta duração. Mais tarde, em 1923, Aron Kaufman funda o *Vokhnblat* (*O Semanário Israelita*) no Rio de Janeiro. Esse jornal circulou por longos anos por todo o Brasil, onde houvesse judeus asquenazitas. Foi nesse periódico que começaram a escrever os primeiros escritores de língua ídiche desta nova comunidade.

Os novos imigrantes, logo após sua chegada, davam início a uma vida cultural em língua ídiche, organizando reuniões líteromusicais e conferências. Também temos conhecimento de que, já na segunda década do século XX, havia espetáculos teatrais de tradição ídiche em São Paulo.

Foi, portanto, neste ambiente, que os primeiros escritores-imigrantes começaram a sua criação literária em terras do Brasil. Escreveram em ídiche já que o público a quem essa literatura se destinava eram leitores desta língua. Os textos expressavam a saudade do velho lar e dos familiares que lá tinham permanecido, os anseios pela vida judaica vibrante da Europa, que deixaram para trás, e também revelavam os sentimentos de solidão do recém-chegado. Descreviam a luta pela sobrevivência em terra estranha, escreviam sobre a profissão de quase todos os imigrantes, o de vender de porta em porta à prestação, o *pedlerai*. Falavam do encontro do imigrante com o homem e com a terra brasileira. Escreveram sobre a beleza da mulher brasileira e a sensualidade da mulata.

Entre os imigrantes que aqui aportaram, havia escritores, artistas e intelectuais judeus de expressão ídiche, homens jovens, mas a maioria velhos demais para adotar o português como língua de criação literária na nova terra.

Dentre os imigrantes mais jovens, havia os que conseguiram expressar-se bem, tanto em ídiche como em português, e alguns também em hebraico.

Eles colaboravam nos jornais de língua ídiche, o *Vokhnblat*, desde 1923, e mais tarde o *Idische Tzaitung* (*O Jornal Israelita*) e outros que foram surgindo nas décadas de 30 e 40. Havia até uma revista literária-cultural, o *Velt-Schpiguel* (*Espelho do Mundo*), nos anos 1939, 1940.

O primeiro, dentre os que escreveram em ídiche e português foi o jornalista e escritor Bernardo Schulman, de Curitiba, que colaborou em quase todos os órgãos de imprensa ídiche já na década de 20. Escreveu trabalhos importantes em português, um em especial sobre o anti-semitismo. Também o jornalista Nelson Vainer escreveu nos dois idiomas.

Os intelectuais Elias Lipiner, historiador e escritor, Yoshua Auerbach, ensaísta, colaborador da revista *Velt Schpiguel* e outros periódicos, Henrique Yossem, escritor e editor, escreviam nos anos 30, 40 e 50 nos três idiomas, português, ídiche e hebraico.

Esses escritos em ídiche, dos acima mencionados e demais escritores, eram publicados nos diferentes periódicos e jornais de língua ídiche, mas, já na década de 20, viera à luz no Rio de Janeiro uma antologia de poesia e prosa de Schabetai Karakuschansky e Schimon Landa, sob o título *Tziun (Signo)*, totalmente traduzido para o hebraico pelos autores e levando o subtítulo de "O Primeiro Livro Judaico no Brasil" (Rio de Janeiro, 1925). Também é dessa época a publicação do primeiro romance da vida judaico-brasileira, *Dom Domingos Kraitzveg (A Cruzada de Dom Domingos)*, escrito por Leib Malakh, que viveu pouco tempo no Brasil. Malakh também escreveu a primeira peça teatral *Ibergus (Regeneração)*, de grande repercussão na Argentina e nos Estados Unidos, onde fora encenada. Seu tema é a problemática da sociedade dos "impuros", como eram denominadas as prostitutas – as polacas – e os homens da sociedade Tzvi Migdal.

Também é da década de 20 a primeira pesquisa histórica em ídiche, de Naschbin, sobre os marranos no Brasil, publicada em Paris, em 1929: *Der letzter fun di groisse zacutos (O Último dos Grandes Zacutos)*.

Yaacov Naschbin, que foi redator do *Dos Idische Vokhnblat*, do Rio de Janeiro, colaborava em jornais argentinos, com poemas sobre a vida no Brasil. Depois de 1923 passa a publicar seus poemas e ensaios históricos no jornal ídiche *Dos Ídische Vokhnblat*. Dentre os pioneiros, tem o seu lugar também Adolfo Kischinovsky, que morava em Nilópolis, Rio de Janeiro, e que reuniu suas narrativas no livro *Naie Heimen (Novos Lares)*, Nilópolis, Rio de Janeiro, já em 1932. Os seus contos têm como tema a vida dos imigrantes judeus e sua ocupação inicial mais característica, a *pedlerai*, a venda de porta em porta, a prestação.

Encontramos alguns estudos críticos e antologias dos textos

desses primeiros escritores, cujo gênero predominante é o conto e a crônica.

Na década de 40, Yoshua Auerbach escreveu um estudo em ídiche, sobre a literatura ídiche no Brasil, na tentativa de apresentar um panorama desta nova literatura. Começa dizendo: "Nos círculos intelectuais locais já se fala seriamente de uma literatura ídiche no Brasil, como algo criado e estabilizado e – continua ele – se não ainda estabelecida, ela já contém os elementos necessários para sua constituição". Esse estudo é muito crítico porque faz contínuas comparações com escritores como Leivik[1], mas reconhece que há vários escritores talentosos no nosso meio.

Auerbach dá um lugar de destaque, o "primeiro lugar", a Rosa Schafran Palatnik, pela bela forma dos seus escritos, o seu olhar agudo e a descrição das suas personagens, sem deixar, entretanto, de fazer-lhe alguns reparos.

O segundo lugar, oferece a Schabetai Karakuschansky. "Suas personagens são reais algumas vezes, fantásticas outras" e o crítico se detém na análise dos seus belos contos da vida judaica local. Fala de Y. Landa, que classifica como um poeta em prosa.

Ainda segundo Auerbach, são essas as três colunas mestras na novelística das primeiras décadas. O autor menciona a talentosa Sara Novak, que escreveu alguns contos, e lamenta a interrupção de sua obra literária. Menasche Halpern é descrito com admiração – principalmente seu livro de recordações *Oisn Altn Brunem* (*Da Velha Cisterna*), Rio de Janeiro, 1934, no qual o autor descreve suas interessantes vivências do passado. "Elias Lipiner, tão talentoso, é pena que não escreve mais ficção", diz Auerbach. E ainda menciona, sem entrar em grandes análises, Malka

---

1. Leivik – escritor e poeta de língua ídiche.

Epelboim, que escreveu contos sobre o *schtetl*, como *Tzu Schpet* (*Tarde Demais*), Clara Steinberg, Itzkhak Roitberg e outros.

Destaque especial, neste panorama, o crítico dá aos escritos cômicos *Filietonen* de Yossef Schoikhet, publicados no jornal ídiche, que assinava seus escritos com o pseudônimo Idele. Diz Auerbach: "o conjunto de suas histórias cômicas, de seus *Filietonen* é uma obra-prima, principalmente sua série *Menakhem Mendel in Brasil* (*Menakhem Mendel no Brasil*), em forma de cartas entre marido e mulher". Parodiando Scholem-Aleikhem, ele apresenta de forma humorística a vida judaica no Brasil, através das cartas de Menakhem Mendel, e, ao mesmo tempo, a decadência do *idischkeit*, do espírito judaico na União Soviética, de onde escreve Scheindl, a mulher de Menakhem Mendel, em resposta às cartas do marido.

A segunda parte do trabalho de Yoshua Auerbach é dedicada à poesia ídiche no Brasil. Sem apresentar suas análises, apenas citarei os poetas por ele resenhados: Y. Landa, Khassin, Schabetai Karakuschansky, Elias Lipiner, que escreveu alguns excelentes poemas, Leibusch Zinguer e Avraham Wainrib. "E há os novos poetas ainda não suficientemente maduros" – diz ele.

Fala com respeito e admiração dos ensaios e escritos de Meir Kucinski, Salomão Steinberg, Aron Bergman e M. Schtern e termina a sua visão geral sobre as forças criativas perguntando:

> Será que é suficiente para desenvolver uma literatura ídiche-brasileira possuir esses talentos literários?

Sua resposta é negativa, expressando grande pessimismo no que se refere ao futuro desta literatura no Brasil, justificando:

1º.) A juventude escreve de preferência em português, o que apresenta uma melhor perspectiva para o futuro.

2º.) A atmosfera que predomina no nosso meio é por demais materialista. E um jovem judeu talentoso encontra outros caminhos...

O autor admite haver, na época, um bom número de inspirados escritores, mas considera que só de talentos não se faz uma literatura. Falta aos escritores o necessário ambiente e a atmosfera, tanto para a inspiração do autor como para a recepção das obras literárias: um público leitor. Auerbach conclui que dificilmente a literatura ídiche no Brasil poderá ter um lugar de destaque na ampla literatura ídiche universal.

Mais estudos críticos apareceram no contexto de duas antologias, as mais ilustrativas do gênero da literatura ídiche no Brasil. *Undzer Baitrog* (*Nossa Contribuição*), que foi a primeira coletânea ídiche no Brasil, editada pelo Círculo de Escritores Ídiches no Rio de Janeiro, em 1956. Esta coletânea reúne a participação de quinze autores com narrativas, poemas e ensaios. Meir Kucinski, no seu ensaio inserido nesta coletânea, "Dinamicidade Social e Estaticidade Literária", apresenta um balanço e uma apreciação da criação literária ídiche no Brasil.

A segunda antologia, *Brasilianisch* (*Brasiliana*), foi publicada na Argentina pela Sociedade Literária Yivo, em 1973, organizada por Schmuel Rojanski.

Nos estudos de Yoshua Auerbach, na década de 40, e de Meir Kucinski, na década de 50, não são lembrados os escritores que para cá imigraram após a Segunda Guerra.

Esses imigrantes de fala ídiche intensificaram a comunicação nesta língua e ampliaram o seu público leitor, assim como o número de escritores da literatura ídiche no Brasil. Dentre esses novos escritores, destacaram-se, em São Paulo, Itzkhak Guterman, que já era um escritor conhecido na Europa e passou a colaborar nos jornais locais, além de publicar o livro *Di Mame iz Nischt*

Khoisser Deie (Mamãe não Está Maluca), Tel-Aviv, 1981, e Konrad Kharmatz, que foi redator do jornal ídiche *Novo Momento de São Paulo* e publicou *Koschmarn (Pesadelos)*, São Paulo, 1975. Não esgotamos o tema[2]. Em São Paulo também escreveram ensaios, crônicas, contos e poemas, vários escritores e poetas como Itzkhak Borenstein, Haim Rapaport, Iossef Sandacz, Menakhem Kopelman, Salomão Zeitel, publicando suas obras em jornais e revistas do Brasil, Argentina e Estados Unidos. Merece destaque Itzkhak Raizman que, além de artigos, contos e pesquisas históricas, publicou uma história da imprensa judaica no Brasil, *A Fertel Iorhundert Ídische Presse in Brasil (Um Quarto de Século de Imprensa Judaica no Brasil)*, Israel, 1968.

Deixamos de mencionar ainda muitos escritores que contribuíram para a formação de uma literatura ídiche no Brasil. A nossa intenção foi descrever um pouco o ambiente literário em que Kucinski produziu sua obra, tanto a ensaística como a de ficção.

Meir Kucinski – o escritor e o professor.

Meir Kucinski nasceu em 1904 em Wlotzlawek, Polônia. Foi casado com Éster, a quem dedica o seu primeiro livro *Nussekh Brasil (Estilo Brasil*, Tel-Aviv, 1963). Imigrou para o Brasil em 1935 e estabeleceu-se em São Paulo. Tinha três filhos: Wolf, Bernardo e Ana Rosa. Faleceu em 1976, amargurado e sofrido com o desaparecimento de sua filha Ana Rosa, professora do Instituto de Química da Universidade de São Paulo, vítima da ditadura militar, e cujos restos mortais não foram encontrados, apesar de

---

2. Jacó Guinsburg, em *Aventuras de Uma Língua Errante* (São Paulo, Perspectiva, 1996), trata dessa literatura no Brasil.

o pai e familiares terem se entregue a essa tarefa dolorosa por muitos anos.

Na Polônia, Kucinski foi membro ativo do *Poalei-Tzion*, Partido Trabalhista Sionista, em cujo órgão publicou vários trabalhos. Escreveu, naquela época, com Yossef Rosen, uma brochura sobre os judeus na Alemanha, onde passou os anos 1931-32.

Ele também foi membro ativo e pesquisador do Círculo do Yivo (Instituto Científico Ídiche).

Após a sua imigração para o Brasil, Kucinski continuou a sua atividade jornalística e literária iniciada na Europa, publicando reportagens nos jornais de Vilna, o *Vilner Tog* (*O Diário de Vilna*), de Kovna, no seu *Folksblat* (*Jornal do Povo*) e outros. Também já começava a divulgar artigos, contos e ensaios nos jornais ídiches locais e nos da Argentina e dos Estados Unidos.

Kucinski conhecia profundamente a literatura ídiche e, na década de 40, quando o professor Moisés Vainer fundou o Seminário de Professores junto ao Colégio Renascença, em São Paulo, foi convidado a ensinar ídiche nesse Seminário, onde lecionou durante vinte anos aproximadamente.

Intelectual e escritor respeitado, suas aulas encantavam seus jovens alunos.

Na verdade, não era um professor nos moldes tradicionais, não ensinava história da literatura ou teoria literária. Ele simplesmente lia para nós, seus alunos, obras da literatura ídiche cuja escolha não obedecia nem à cronologia nem a métodos didáticos, mas seguia o seu próprio gosto literário.

Assim, lia com paixão Peretz lado a lado com Berguelson, Scholem Aleikhem com Scholem Asch e outros. Fazia pequenos comentários sobre o escritor lido ou o texto escolhido. Às vezes até assinalava relações e mesmo comparações. Fazia breves observações sobre a poética e o estilo. Mas, o principal, eram as leituras propriamente ditas. E todos nós, seus antigos alunos do Seminário, nos tornamos leitores dessa literatura porque suas leituras nos emocionavam. Todos lembramos com um sorriso a sua entonação e sua pronúncia carregada do ídiche polonês. Talvez não tenha conseguido formar especialistas em literatura ídiche mas, sem dúvida, transmitiu o gosto por esta literatura e formou leitores.

Em 1947 Kucinski foi agraciado com o primeiro prêmio da prestigiosa revista *Di Tzukunft*, de Nova York, pelo seu conto "Der Guibor", que recebeu o título em português "O Homem Mais Forte do Mundo", cuja tradução encontra-se nesta coletânea.

Ele foi ativo em muitas instituições judaicas paulistas, participou, como delegado, de numerosos congressos de cultura e educação. O professor Meir foi reconhecido e respeitado na comunidade como especialista em literatura ídiche e contribuiu, na época, com alguns trabalhos de literatura.

Em 1966 escreveu a introdução ao *O Conto Ídiche*, de Jacó Guinsburg (Editora Perspectiva, 1966). Publicou, mais tarde, uma brochura: *Scholem Aleikhem*, na Coleção Biblioteca Popular Judaica, da Federação Israelita do Estado de São Paulo, em 1974.

Seu primeiro livro de contos, *Nussekh Brasil* (*Estilo Brasil*), foi publicado em Tel-Aviv, em 1963, com prefácio do escritor de língua ídiche, Efraim Oierbach.

Seu segundo livro, *Di Palme Benkt Tzu der Sosne* (*A Palmeira Tem Saudade do Pinheiro*), coletânea de contos, ensaios e críticas literárias, foi uma publicação póstuma, editada em Tel-Aviv, em 1985. Foi dessas duas coletâneas que escolhemos os contos que ora apresentamos.

Sobre literatura ídiche publicou vários artigos em jornais e no seu livro *Di Palme Benkt Tzu Der Sosne* foram incluídos vários ensaios, críticas literárias, artigos sobre a literatura ídiche no Brasil, resenhas e comentários sobre livros e escritores.

Em seu já conhecido trabalho, "Dinamicidade Social e Estaticidade Literária", publicado em 1956, numa outra coletânea *Undzer Baitrog* (*Nossa Contribuição*), faz uma severa crítica à criação literária no Brasil e procura apresentar um balanço geral dessa produção.

Começa pessimista, afirmando que as obras literárias são sem valor, atrasadas quando comparadas ao desenvolvimento, à vida dinâmica, tanto em relação aos indivíduos isolados como das coletividades no nosso país. "É surpreendente, diz ele, que de um lado é fantástico o progresso econômico e o processo de ascensão social de grande parte dos imigrantes de ontem e, por outro lado, o congelamento e a situação desértica da nossa literatura ídiche."

Kucinski lamenta que após, aproximadamente, trinta anos da publicação da *Cruzada de Dom Domingos*, de Malakh, este continua sendo o único grande romance da vida judaico-brasileira quando, no entanto, no decorrer desses anos, houve mudanças profundas na vida e na sociedade judaico-brasileira.

O escritor descreve o desenvolvimento econômico e social da comunidade e lamenta que os escritores ídiches não tenham conseguido perceber e expressar essa metamorfose fantástica.

Analisando a criação literária, Kucinski observa, ainda neste ensaio, que desde a publicação de Kischinovski de *Novos Lares*, em 1922, até Rosa Palatnik com a obra *Kroschnik-Rio* (1955) e *Onheib* (*No Começo*) de Hersch Schwartz, em 1956, a temática não mudara. Os escritores continuavam fazendo comparações da vida sagrada do velho lar, de lá, com o prosaico aqui e agora. Continuavam descrevendo a vida de *pedlerai*, a dos mascates.

Considera que falta à "pequena família de escritores" a consciência do papel que deveria desempenhar: introduzir a elevação espiritual neste ambiente tão materialista.

Esses escritores, diz ele, não partiram para novos horizontes, não penetraram na vida dos brasileiros. E lamenta não ter surgido no nosso meio algum grande romance sobre a vida brasileira, sobre os conflitos raciais e faz uma comparação com a literatura ídiche dos Estados Unidos, com os livros de Opatochu e Scholem Asch. Critica também os redatores de jornais de língua ídiche pela pouca consideração e compreensão que têm da beletrística local e a parca importância dada aos raros escritores ídiches. E, diz ele, talvez essa atitude da imprensa ídiche seja a principal responsável do emudecimento da literatura ídiche no Brasil, ao contrário do tratamento dado aos escritores na imprensa ídiche americana e que teve influência no desenvolvimento da literatura na América.

Embora sua crítica seja severa nesse "Balanço Geral" da literatura ídiche, encontramos em outros artigos, sobre vários escritores, reunidos no seu livro *A Palmeira Tem Saudade do Pinheiro*, apreciações muito positivas e às vezes até carinhosas. É exemplo disso a homenagem que presta a Menasche Halperin no seu artigo "Iber Breite Schtokhim" ("Através de Amplos Espaços"). Nesse artigo, analisa a vida e a obra literária de Halperin e se detém principalmente no seu último livro *Parmetn* (*Pergaminhos*). Fala de seus poemas com admiração, os classifica de chagalianos e analisa com detalhes sua métrica e rima.

Seu artigo "Di Naie Colonie in der Impérie Ídiche" (A Nova Colônia no Império do Ídiche) é um comentário sobre a antologia *Brasilianisch* (*Brasiliana*) de Schmuel Rojanski. Tece aí comentários e críticas severas, primeiro sobre a introdução de Rojanski e depois sobre a antologia propriamente dita, quando assinala problemas metodológicos quanto à escolha e distribuição da matéria literária. Termina, contudo, com o reconhecimento positivo de que através dessa obra, o nosso "patrimônio" estará incluído no Império Literário Ídiche Universal.

Com o falecimento trágico de Pinie Palatnik, Kucinski faz-lhe um sentido e elogioso necrológio. Faz uma análise literária muito delicada sobre sua bela poesia. Afirma que lhe faltaram apenas "qualidades pessoais" para tornar-se famoso, como merecia, pois tinha uma linguagem rica, uma cultura universal, um grande talento, mas era muito modesto, um humilde membro da pequena família de escritores do Brasil. Este foi o impedimento para sua fama universal como a sua obra merecia.

Dentre os que foram objeto de suas eruditas resenhas, encontra-se também o poeta Moische Lokietch, que publicou suas poesias em 1975.

O "Livro do Inferno" é o nome do seu artigo a respeito da obra de K. Kharmatz, *Koschmarn (Pesadelos)*, 1975. A impiedade domina todo o livro, do começo ao fim, diz Kucinski. "Impiedosos foram os nazistas e impiedoso é o autor ao descrever a realidade, mesmo em relação a nós." Termina dizendo que, após ler esse livro, o leitor começa a entender a rigidez e obstinação de Kharmatz: "Seu caráter e mentalidade tinham sido forjados e enrijecidos no gueto e nos campos de concentração de Auschwitz e Dachau". E Kucinski termina: "Ele chegou do inferno...".

Ainda no seu *Di Palme Benkt Tzu Der Sosne*, escreve necrológios sobre poetas, ensaístas e ativistas respeitados da comunidade, como Schlomo Zeitel, por ocasião do terceiro aniversário de sua morte. Faz uma descrição, cheia de sensibilidade, do Dr. Bernardo Hof, o intelectual e músico, por ocasião de sua morte. Meir Kucinski mostra, através desses escritos, o seu engajamento e envolvimento na vida da comunidade. Apresenta-se como um fino observador da vida e das relações sociais nesta sociedade.

Kucinski também escreve, nesse livro, apreciações sobre traduções do ídiche para o português: "Expressionismo e Impressionismo: Crônica da Destruição", fala do livro *Meus Cem Filhos*, de Lena Kikhler – Zilberman, traduzido para o português por Bluma Sahm Paves, Editora Símbolo, São Paulo, 1974. Faz uma análise do livro e dá a maior importância à tradução. Admite que a tradutora conseguiu transmitir o lirismo da maravilhosa senhora Lena, o sofrimento das crianças e seu heroísmo. Mas a grande importância da tradução, segundo ele, consiste no fato de dar ao leitor, que não lê ídiche, a oportunidade de conhecer esse livro. E termina dizendo: "que o mundo veja as pessoas que somos e que mulheres temos. E o principal, nosso caráter".

Sobre a importância da tradução para o português, ainda no mesmo livro, Kucinski escreve sobre a tradução do *Pirkei Avot* (*A Ética dos Pais*) de Eliezer Levin, introdução do Rabino Pinkuss, Editora Benei-Brith, 1976, no seu artigo "A Vikhtiker Oiftu" ("Uma Realização Importante"). Ele não se detém na análise da tradução que não é do ídiche. Mas, também dessa vez, ele expressa o seu entusiasmo pelo fato de que a tradução será "uma fonte para a nossa juventude aprender a nossa cultura".

Nesses artigos, Kucinski expressa a importância da comunicação em português com a sociedade ampla que, infelizmente, os escritores de sua geração, com poucas exceções, não conseguiram atingir. Sabemos que algum ou alguns de seus artigos foram traduzidos por Fernando Levinski e publicados no *Diário da Noite*, mas não conseguimos localizá-los. E agora, com a apresentação desta coletânea de Meir Kucinski ao público que não lê ídiche, cremos ter feito o que ele mais desejava: dar a conhecer à sociedade brasileira como viveram, sentiram e escreveram os judeus brasileiros.

A linguagem empregada por Kucinski tanto nos seus ensaios

e crítica literária como em suas narrativas é o ídiche erudito. Na seleção que fizemos dos contos de Kucinski, procuramos, do ponto de vista da temática abordada, apresentar diferentes aspectos da vida da comunidade judaica que ele tão bem retratou. Escreveu também memórias da Polônia. Dessas, incluímos somente o conto-ensaio "O Homem Mais Forte do Mundo", "Der Guibor", o conto que mereceu um prêmio literário. Trata-se da história do judeu polonês Zische Breitbard. O autor narra de forma original a trajetória e a carreira do popular herói judeu que se tornou famoso e importante pelo uso que fez de sua excepcional força física nos circos poloneses e alemães.

Os demais contos incluídos tratam da vida do imigrante em São Paulo. Os da primeira parte – PROFISSÃO: MASCATE, falam do árduo e difícil trabalho e das andanças do *Klinteltchik*, o mascate recém-chegado. O narrador expressa seu deslumbramento com a bela natureza tropical, as montanhas, a vegetação, a multiplicidade de cores, a luminosidade intensa, tão diferente da paisagem do seu país de origem e o seu estranhamento com o clima e com o sol ardente.

O humor, característico da novelística ídiche, não pode faltar e é expresso com maestria no conto: "Itzikl, O Mascate de Ouro Velho". Em vários contos descreve a mulher brasileira, tão diferente das mulheres que os imigrantes conheciam na sua velha terra. Sua simplicidade, sua ingenuidade, sua bondade e, principalmente, sua sensualidade são ressaltadas na narrativa do autor: são as Marias, para quem o mascate vendia à prestação.

No conto "O Doutor e o Mascate", Kucinski aborda com arte e delicadeza os amores dos filhos com não judeus. E a estranheza do doutor, pai do apaixonado menino que explica para o mascate: "Mas o meu nome é Pereira, nós somos todos judeus. Pergunte a seus rabinos".

Em outros contos apresenta-nos os filhos dos imigrantes que viraram doutores e nem sempre se orgulham dos pais mascates ou artistas. É "O Ator e o Professor Catedrático", filho de um casal de atores do teatro ídiche, que não compartilha o orgulho que a comunidade sente ao homenagear na televisão os grandes méritos do pai artista.

O escritor Oierbach, que escreveu a introdução ao livro de Kucinski, *Estilo Brasil*, destaca o conto "As Irmãs", pela maneira de tratar a dolorosa temática das mulheres denominadas "impuras". Neste conto perpassa uma tristeza humana, diz ele. É a tragédia das envergonhadas e ofendidas filhas de Israel que foram desviadas para uma vida de ofensas, conseguiram escapar dessa vida, mas não conseguiram se libertar. A morte, mais uma vez, lhes relembra a vergonha.

Nos contos da parte ECOS DO HOLOCAUSTO o autor descreve a sociedade judaica, atuante, abatida e preocupada com a tragédia dos seus irmãos na Europa. Relata, também, a recepção aos sobreviventes que aqui chegaram.

Num dos textos das MEMÓRIAS DAQUELES TEMPOS, é comovente o relato do "Kádisch, a Oração Pelos Mortos". No conto "Schulamis" o professor Meir rememora o seu trabalho no Seminário de Professores e relata, com grande fidelidade, as aulas de literatura que ministrava naquela instituição.

Este é um livro de ficção e os contos de Kucinski são mais um olhar sobre aquela época, as raízes de grande parte das novas gerações. E o olhar agudo e o senso crítico de Kucinski perpassam os diferentes tipos humanos, os problemas econômicos e sociais, a ascensão socioeconômica e suas conseqüências no relacionamento social, os problemas familiares, relação de pais e filhos, enfim, a vida da sociedade judaica de São Paulo. O grupo humano retratado é heterogêneo: os bessarabianos diferentes dos judeus poloneses e estes dos *iekes*, os judeus alemães, e todos juntos, construindo uma comunidade que é o resultado da fantástica aventura dos imigrantes.

Esses contos recuperam uma parte da história dos imigrantes judeus e trazem à luz o esforço, a luta e os ideais daqueles que, temerosos e deslumbrados, aportaram no Brasil, na esperança de aqui reconstruir suas vidas.

Profissão: Mascate

FIM DO MÊS

Tradução MEIRI LEVIN

E M SUA PEQUENA cidade natal, da Lituânia, Nokhem era um marceneiro que andava pelas aldeolas. Com uma serra atirada às costas e uma maleta com uma plaina, um martelo e pregos, perambulava pelos caminhos das aldeias, de casebre em casebre e apregoava: – Consertam-se camas, mesas, colocam-se prateleiras, janelas!

Grandalhão e de costas largas, rosto ossudo, magro, franco, largo e achatado, ele tinha bem a aparência de um camponês lituano. Do trabalho pesado não tinha medo.

Fora trazido para o Brasil por seu cunhado Hirschke, irmão de sua esposa, um rapaz ainda solteiro, mas já entrado em anos. O Hirschke tinha aqui uma colchoaria no porão de uma casa, na periferia. Baixinho, esperto, lidava com os colchões feito uma criança fazendo travessuras sobre as pilhas.

Nas primeiras semanas os novos membros da família, os imigrantes – Nokhem, sua esposa Mindl e o filhinho de doze anos – ficaram morando no porão e prazerosamente descansavam sobre a montanha de colchões.

Quando Nokhem conseguiu todos os documentos e já balbuciava algumas palavras da língua local, o cunhado deu-lhe um tipo de carreta de duas rodas, grande e larga, como uma espécie de prancha, uma plataforma, e, abrindo bem as portas do porão, mostrou-lhe:

— Nokhem, você vê aquelas casinhas por entre as montanhas? É lá que você irá vender "como água" todos os colchões. Vai começar com eles até conseguir seu próprio capital, depois pode trabalhar com algo melhor.

Nokhem, ansioso por trabalho e ávido de se tornar independente, deu uma cusparada na palma das mãos e, agradecido, disse:

— Hirschke, como você sabe, eu estou acostumado a caminhadas de 20 a 30 *viorst*[1] por dia – e, querendo mostrar sua força deu um empurrão na plataforma:

— O principal é não parar com o trabalho; lute o dia todo, pois você tem esposa e filho. — E o Hirschke tornou a insistir: Só descanse no fim do mês.

Passou-se um ano. A clientela de Nokhem aumentou e se expandiu. Ele mascateava com a mesma fibra e o mesmo ímpeto de um ano atrás. Começou com os colchões, depois enfiou na carroça colchas, cobertores e mercadorias afins. Quando já havia conseguido reunir algumas centenas de "cartões" de clientes, parou de empurrar a carreta morro abaixo e morro acima. Devolveu-a ao Hirschke, comprou uma grande mala e começou a trabalhar com artigos mais finos: cortes de tecido, camisas, calças, e guarda-chuvas.

Levantava-se bem cedo e, com a pesada mala às costas e um monte de "cartões" no bolso, dirigia-se para o "seu bairro", pelos vales, pelas encostas, pelos cantinhos perdidos das pequenas vilas na Serra da Cantareira.

Morava num bairro de arrebalde, em casa alugada. Juntava tostão por tostão para adquirir um terreno, uma casa própria.

1. *Versta*: medida russa equivalente a 1.067 metros.

Sua esposa, Mindl, mulherzinha pequena e ágil, como o seu irmão Hirschke, também compartilhava do ganha-pão: mascateava com roupas íntimas femininas. O casal saía junto de manhã bem cedo, mas logo se separava: ele saía da cidade, em direção da serra, ela ia para o centro, para as ruas pavimentadas. O filho deles, Iokhnke, ficava em casa.

De almoço comiam um lanche na rua, conforme o costume de Nokhem lá na Lituânia, quando perambulava pelas aldeias. Além do mais, ele estava convencido de que, para um mascate, não valia a pena interromper o trabalho e voltar à casa para almoçar. O dia estaria perdido, desperdiçado. Já à noite, Mindl preparava uma refeição quente.

O Iokhnke, que estudava algumas horas por dia no Grupo Escolar, ajudava-os entregando pedidos, encomendas, fazendo cobranças, trazendo alguma mercadoria. No ganha-pão deles a família toda estava unida e não descansava nem um minuto, não se permitia descansar, não perdia tempo. Corriam dos "turcos" para os judeus do Bom Retiro, atrás de cobertores, de cortes, de ternos. As pessoas até ralhavam com eles: – Calma, calma no Brasil!

Levavam pedidos, pegavam de volta a mercadoria para trocar, voltavam para provar, corriam para fazer a cobrança, às vezes duas e até três vezes em cada cliente; iam atrás dos clientes que se mudavam; esperavam nos portões das fábricas na época do pagamento; perto das casernas, quando os soldados recebiam o seu soldo; com paciência arrancavam dos caloteiros até as últimas prestações, cuidando para não deixarem escapar o lucro.

Mas alguns meses depois Nokhem começou a diminuir o ritmo. Ele simplesmente não se agüentava em pé e à noite sentia uns repuxões, uma queimação, uma dor persistente nos membros. Todos os dias, no meio daquele calor escaldante, era tomado pela terrível doença do lúpus, com dores nas axilas e na virilha. Aquela lufa-lufa constante, sob o sol ardente, estava agora como que se vingando dele.

Só se descansava no "fim do mês". Do dia vinte e cinco de cada mês até o dia dois ou três do seguinte, ninguém fazia pagamentos. Instalava-se uma calmaria entre os clientes. Nesse período ninguém comprava e ninguém pagava. Havia uma espécie de pausa, como que um crepúsculo que se repetia todos os meses. Na verdade, o "fim do mês" era a salvação para os mascates, no sentido de poderem repousar as pernas cansadas, as esfoladas solas dos pés e reunir forças para o mês seguinte.

Aqueles primeiros finais de mês, quando Nokhem e Mindl se permitiram descansar, foram passados remendando calças rasgadas, pregando botões, consertando sapatos, preparando *onutzes*, os panos com que se envolviam os pés.

— No clima brasileiro *onutzes* são uma bênção para os mascates — dizia Mindl.

A clientela aumentava, indo além dos limites do bairro. Também punham à venda móveis, salas de jantar completas, dormitórios e peças avulsas.

Cada vez mais arrancavam do "fim do mês" um dia, uma hora. No final deixavam-no tão curto como uma breve sexta-feira de inverno na Lituânia... Nokhem, mês a mês, ia ficando mais e mais exaurido, e do "fim do mês" ele já não tirava nenhum proveito...

* * *

Num certo "fim do mês" comprou-se o terreno para construir a casa. Nokhem ainda teve tempo de repassar frente e fundos, conferindo os metros quadrados.

E outro "fim do mês" discutiu com o empreiteiro. Nokhem aproveitou a ocasião para decidir quanto deveriam deixar de recuo na frente, e quanto deveriam deixar na lateral, pois, durante o mês, por certo não teria tempo de resolver nada. Começou uma nova e intensa correria. De repente os gastos aumentaram muito. As obrigações financeiras ficaram pesadas e as prestações do construtor tinham de ser pontualmente pagas. As responsabilidades com o ganha-pão ficaram mais pesadas.

Num certo "fim do mês" ao colocarem os alicerces na casa – com a graça de Deus – seus olhos brilharam de felicidade: – Enfim uma casinha própria! – E, junto de Hirschke, comemoraram com pinga o início das fundações.

– E então, Hirschke, eu te ultrapassei. Ainda estás no porão, com os teus colchões! – gabou-se Nokhem.

Meio ano depois Nokhem mudou-se para a nova casa, num "fim do mês", com certeza.

* * *

Imaginaram que, morando agora entre "quatro paredes" próprias, poderiam respirar um pouco mais e tirar de si o peso das costas. Queriam diminuir os negócios, deixar alguns fregueses, os mais distantes, os menores. Mas não conseguiam: os fregueses davam palpites, não os deixavam descansar, com mais coragem até de ir à casa nova do que antes à casa alugada. Exigiam, cobravam, sentiam-se à vontade, vinham à noite, nas horas tardias, arrancavam deles mercadoria, faziam novos pedidos antes mesmo de terem liquidado as contas antigas; traziam consigo parentes, garantindo por eles, e Nokhem acabava preenchendo novos "cartões".

Os "cartões" aumentavam... Os três membros da família sentavam-se tarde da noite à mesa, já na hora de dormir. Nokhem, como num jogo de loteria, separava cartão por cartão, rua por rua, data por data e preparava-os para o dia seguinte, decidindo qual deveria deixar para o próximo mês e qual já poderia acrescentar ao pacote dos caloteiros.

Mindl, coitada, desejando ardentemente descansar, aproveitar sua casa, seus móveis e as cortinas que tinha conseguido com tanta dificuldade, estava à procura de uma compradora para repassar a sua clientela feminina.

Nokhem, entretanto, na casa nova, sentia-se alquebrado. Um dia levantou-se para trabalhar, como de costume. Nas primeiras horas da manhã manteve-se firme, passos rápidos, como antigamente, naquelas estradas da Lituânia... Mas lá pelas dez, de repente, os pés ficaram pesados e não pôde mais andar. Precisou descansar numa pequena mureta, pois não gostava de entrar nos bares. Nokhem sentiu que não era o simples cansaço do dia, mas, sim, todos os cansaços acumulados desde a Lituânia e os da carreta com os colchões que lhe pesavam como chumbo nos pés e lhe pressionavam a coluna. Voltou para casa de táxi. Deitou-se na cama e não pôde mais trabalhar.

Sentia marteladas nas têmporas e doía-lhe a nuca. Mindl, voltando de suas cobranças para casa, ao encontrá-lo na cama, assustou-se de verdade. Desde que o conhecia, esta era a primeira vez que o via deitado em horário de trabalho.

Nokhem pediu que Mindl fizesse as suas cobranças e só chamasse o médico alguns dias depois, no "fim do mês". Apesar de as dores não cederem, ainda assim poderiam esperar mais alguns dias, não seria o fim do mundo...

O médico examinou o corpo exaurido de Nokhem e o aconselhou a, por enquanto, procurar um sanatório nas montanhas para descansar.

— Depois veremos se é uma doença orgânica ou um esgotamento nervoso — disse ele.

Nokhem, sozinho, sem a Mindl, não poderia viajar. Adiaram isso para o próximo "fim do mês". Impossível deixar por conta do menino todos os negócios, as cobranças, as encomendas. Antes tinham de avisar os fregueses mais importantes, talvez até arrancar-lhes antecipadamente algumas prestações.

No sanatório o casal sentia-se sobre brasas, sem encontrar prazer em nada. Um puro desperdício de dinheiro e de tempo... Nokhem não parava de pensar em todos os seus pagamentos, Mindl não ficava sossegada, e ele piorava cada vez mais. O rosto largo e achatado como o de um eslavo ficou de repente encovado e cheio de manchas escuras. As dores não o abandonavam nem por um minuto.

* * *

Do sanatório Nokhem já não voltou para casa, foi levado para o hospital. O médico do sanatório detectou uma doença maligna, não adiantaria ele permanecer ali. A Mindl voltou para casa, para salvar as cobranças que já estavam atrasadas, e Nokhem ficou sozinho no hospital.

A operação teve de ser postergada para o "fim do mês". O médico queria que ela se realizasse imediatamente, mas Mindl pediu para esperar mais alguns dias, até o "fim do mês". E como era uma questão de dias, o médico esperou.

No dia em que o Iokhnke e o tio Hirschke subiram às pressas para a visita no hospital, Nokhem já estava muito mal. Seus olhos tinham perdido o brilho e não se dirigiam nem para a direita, nem para a esquerda, somente para cima e para baixo. O pai chamou o filho e sussurrou-lhe ao ouvido:

– Diga para a mamãe não me visitar no cemitério com muita freqüência, não precisa perder tempo à toa com isso. Só de vez em quando, num "fim do mês"...

Durante todo o mês, a mãe e o filho ocuparam-se ainda com as entregas, recebimentos, cobranças. O enterro caiu direitinho, bem no "fim do mês"...

O FISCAL

Tradução TUBA A. FURMAN

Ierakhmiel carrega sua mala através das ruas da vila, nos morros da Cantareira, e o cheiro de tabaco empoeirado penetra em todos os seus poros. Há meses que não chove, e plantas jazem ressecadas, recobertas por uma grossa camada de terra vermelha, como se estivessem mortas.

A estrada se estende ao longe e ele força a vista à procura de uma travessa. Na estrada larga, ele anda inquieto porque a qualquer momento pode aparecer uma carrocinha da prefeitura com fiscais e sua pouca mercadoria, toda a sua fortuna, que ele carrega sem licença, pode ser apreendida por eles.

Numa travessa sente-se mais seguro. Nas descidas sinuosas, com soleiras de barro ressequidas, a carrocinha com fiscais não chegará. Livre, ele poderá abrir sua mala e expor sua mercadoria para as mulheres curiosas, loucas por um retalho de pano florido, por um pedaço de seda. É uma festa quando aparece o "russo" nas ruelas escondidas das quais elas raramente saem. Desde que se casaram, elas não mais abandonaram o tanque, a cozinha, o galinheiro e o poço.

Logo aparece uma fileira de palmeiras numa esquina. Satisfeito, Ierakhmiel se dirige a passos largos para uma ruela e, esperançoso, começa a bater de porta em porta.

Mulheres e crianças simpáticas, jovens mães, saem voando alvoroçadas de seus lares. Deixam o cozinhar e o lavar pelo meio, para não perder o "russo" com suas mercadorias. É um raro e esperado acontecimento: "O russo veio, o russo está aqui!" Que lindo, que bonito... que maravilhoso! – exclamam com entusiasmo, ainda antes que Ierakhmiel desembrulhe seus tecidos listrados, xadrezes, floridos e transparentes.

Se não fossem essas boas pessoas – diz uma delas – não teríamos vestidos, nem cortinas, nem lençóis.

A comunicação com a cidade inflige sacrifícios e, quando conseguem ir lá, ficam atordoadas com a gritaria e o tumulto. Voltam para casa cansadas e enganadas. As crianças permanecem em casa e as pessoas se perdem na cidade, impacientes, como se estivessem sobre brasas.

Muito Ierakhmiel não cobra, assim como costuma acontecer com todos os "russos" que recebem por sua mercadoria apenas uma pequena quantia como entrada. Isso de ele não saber bem o português também não é defeito para vender a mercadoria àquelas bondosas freguesas.

Elas indagam se ele ainda é solteiro ou se já é casado. Quando descobrem que ele teve que deixar mulher e filhos na Europa até estabelecer-se, ouve-se um suspiro geral: – Coitado, coitado...

Por trás das cercas com roseiras, elas aguardam ansiosas, com olhares curiosos, e começam a escolher cortes. Os maridos estão na cidade e, até eles voltarem tarde para casa, elas podem apreciar os fantásticos tecidos estampados.

Ierakhmiel, de Staschev, vai com sua enorme mala de casa em casa. Ele está feliz pelas vendas inesperadas naquela vila escondida entre montanhas. Faz apenas algumas semanas que desceu do navio e podem-se contar os dias em que ele mascateia. Está embevecido com todas as novidades que as pessoas dali representam para ele. Ele as compara ao irado e amargo eslavo de seu lar europeu. Agora é um mosaico de todo tipo de rostos. Mistura de cores, a tranquila harmonia reinante e o respeito mútuo entre as pessoas, que às vezes nem pertencem ao mesmo povo, nem à mesma raça; a humildade, a bondade, tudo é fantástico, é de se admirar e entusiasmar a cada passo.

Tantos fregueses com quem negociou, tanto colorido... até os tons negros são variados. Às vezes ele fica paralisado e mudo diante da expressão de um novo rosto. Já aconteceu de uma cliente cortar rapidamente o diálogo comercial com ele, quando a encarou de uma maneira diferente, surpreso. Outras, ao contrário, faziam-lhe insistentes e íntimas perguntas.

As mulatas traziam-lhe à lembrança as longas ameixas polonesas azul-escuras, envoltas em uma poeira avermelhada que as tornava lilases antes de serem apanhadas por mãos humanas e perderem o seu orvalho. Entusiasmado, Ierakhmiel estica o papo de negócios com essas clientes, que ficam na soleira da porta, atrás das cercas, com seus vestidos caseiros, geralmente penhoares de mangas largas, abotoados apenas por um botão. Quando se movimentam, abrem-se as abas de seus penhoares soltos e as graciosas brasileiras revelam suas morenas silhuetas... Ierakhmiel chega a ficar tonto...

Para entrar em casa, não o convidam; quando o sol é escaldante, ele abre sua mala na varanda que existe em qualquer casinha. Apenas quando se juntam algumas mulheres, abre-se a porta de uma das casas e Ierakhmiel arruma sobre a mesa os tecidos e bolsas, guarda-chuvas e camisas. Até agora, nenhuma mulher o convidara para entrar em casa quando estava sozinha.

Mascatear, para ele, tem um encanto a mais: seu olhar, desde criança, estava acostumado aos largos horizontes das planícies e dos campos eslavos. Aqui ele encontra uma natureza diferente, com montanhas, vales e rochas, de onde jorra água de fontes refrescantes. É um mundo surpreendente de vegetação, flores e insetos que, em sua terra, não eram conhecidos. A abundante natureza semitropical domina por todos os lados. Até mesmo das árvores podadas das cercas irrompem grandes flores espessas que parecem pássaros noturnos com suas asas estendidas. Há também todo tipo de cobras, com as quais muitas vezes ele topa amedrontado nas trilhas do meio do mato, quando se dirige de uma vila para outra.

* * *

Seus conterrâneos de Staschev, recentemente ensinaram-lhe as regras de como mascatear, como evitar as estradas abertas e, principalmente, onde vivem os habituais caloteiros. Os seus conterrâneos já são homens experientes. Mascates demais batem às portas dessas pessoas e elas já sabem o segredo: se não pagarem o "russo" na data certa, de qualquer forma ele nada pode fazer contra elas. Compradores assim são espertos demais para um *klaper*, um mascate iniciante.

Do principal, porém, os conterrâneos o preveniram: ele deve se cuidar dos fiscais. Há fiscais pedestres e fiscais de carroça. A licença que os conterrâneos lhe compraram é válida apenas para vender guarda-chuvas, que é a licença mais barata. Como já não chove há meses, ele mascateia com outros tipos de mercadoria, principalmente cortes de tecido, que exigem uma nova licença, com corridas exaustivas às autoridades, além de, provavelmente custarem muito dinheiro que os conterrâneos queriam economizar para Ierakhmiel.

Os fiscais não podem tomar conta de todos os lugares, por isso ficam espreitando somente as largas estradas. De longe, eles já reconhecem o andar específico e a fisionomia dos "russos" queimados pelo sol. E ficam de olho nos seus pacotes. Quando pegam um "russo", tornam-se feras, até mesmo quando as licenças e outros documentos do ambulante estão em ordem. Na verdade isso nunca acontece, porque sempre lhes falta um papelzinho. Eles confiscam então toda a mercadoria, a não ser que lhes passem algum dinheiro. Foi o que lhe explicaram.

Até hoje Ierakhmiel foi feliz e não encontrou fiscais; tomara que seja assim no futuro! Uma vez veio ao seu encontro uma carroça e os fiscais o encararam com suspeita. Ele carregava então um pequeno pacote. Continuou andando indiferente com o pacote sob o braço. Só então, quando eles se distanciaram, seu coração disparou.

Aqui, nas ruelas cheias de curvas e trilhas, caminhos de terra, nenhum fiscal o assustará. Uma carroça não descerá até aqui, e um fiscal pedestre não vai se perder por ali.

Os seus conterrâneos até o preveniram a respeito de um fiscal possante, atleta, pedestre, um negro enorme. Ele é o terror dos *klapers* da região. Embora gordo e grande, ele corre rápido como um cavalo. Ninguém consegue esconder-se dele, mesmo estando no alto de uma montanha, e ele embaixo, pois, mesmo a pé, alcançará o infeliz "russo". Até é possível comprá-lo, mas com altas quantias, quase pelo valor da mercadoria.

* * *

É longe até a estação do trenzinho, que é o único meio de acesso para a cidade, para o Bom Retiro, onde vivem seus patrícios e onde fica sua pensão. Pegar o ônibus que corre pela estrada, ele teme por causa dos "rapas", então continua pelos caminhos infindáveis e pelas trilhas da vila envolta em flores e árvores frutíferas. Vai repetindo as palavras que aprendeu: – Cortes, cortes... – e batendo nas casas dispersas.

De repente, algo extraordinário acontece: uma mulata alta e forte, com uma cabeleira que parece uma mata, vendo-o de relance da janela aberta onde se debruçava, abre-lhe a porta da casa e o convida a entrar.

– Entra moço, pode entrar, entra, entra...

O rosto vermelho e queimado de Ierakhmiel torna-se mais vermelho e emana o calor escaldante do sol tropical, que sua cabeça absorvera o dia todo; ele sente a cabeça queimar como fogo.

A mulher examina o seu rosto ardente com a mesma estranheza com que um homem branco examina pela primeira vez um negro. Oferece-lhe água fresca do poço; seu corpo volumoso não sossega um minuto. Corre à cozinha em busca de um pano para limpar a cadeira. Sob seus movimentos rápidos e pesados, tremem até as tábuas do chão e as vidraças da janela.

Ela o convida a sentar e descansar; seus lábios tremem; ele não encontra palavras, somente sons entrecortados... Agora, quando Ierakhmiel, perturbado, pergunta se ela quer comprar alguma coisa, ela balbucia: – Vamos ver.

E antes que Ierakhmiel possa suspender a sua mala e colocá-la sobre a mesa, ouve-se lá fora fechar-se o portãozinho e aproximarem-se rapidamente passos masculinos.

O rosto da mulher empalidece enquanto sua enorme cabeleira fica mais desgrenhada e embaraçada.

Entra impetuosamente um negro de tamanho descomunal, com o físico de um gigante. Seu rosto é dominado por duas narinas enormes que vibram e se alargam como as ventas de um cavalo.

Olhando agressivamente para a mulher, ele urra e solta sons agudos e estridentes, palavras entrecortadas que Ierakhmiel não entende. Com os braços levantados, ele corre para a mulher.

Ela o afasta com uma expressão de repúdio, espanta-se com sua raiva e responde secamente, com um brilho triste no olhar:
— Ele é um "russo" recém-chegado, nem conhece nossa língua, tem medo dos fiscais, medo de gente como você, por isso ele não quer abrir seu pacote na rua... Eu fiquei com pena e resolvi comprar-lhe alguma coisa e o mandei entrar em casa. Acalme-se, animal!
Naquele minuto, a raiva do homem se transfere para Ierakhmiel. Ele agarra a mala e a arromba com violência. Rapidamente joga para fora os tecidos floridos, as sedas, atirando tudo para o alto contando tudo rapidamente, e pergunta a Ierakhmiel:
— Onde está sua licença?
O negro tranca a porta com a chave e torna a gritar para o mascate:
— Sua licença, onde está?...
A mulher fica inquieta e se interpõe entre o marido e Ierakhmiel. Num tom suplicante, misturado com desprezo, diz-lhe como em ríspida advertência:
— Deixe-o em paz... Ele nem ao menos entende nossa língua: tenha pena dele... tenha dó, seu sem-vergonha!...
Aos poucos a raiva o abandona e, puxando Ierakhmiel pelo braço, mostrando-lhe seu relógio, leva-o até a folhinha e lhe grita na cara:
— Vê! Vê, "russo"?... Neste dia e nesta hora, venha à minha casa com camisas grandes, o número maior que você tiver, e tecido para terno. Não se esqueça de vir; estou lhe avisando!... Se você não vier, vai ser pior pra você!... Agora embrulhe seus trapos e vá com Deus!
Ele destranca a porta e entrega a mala a Ierakhmiel, advertindo-o novamente:
— Não se esqueça de vir no dia e na hora marcados, sem falta!

* * *

Quando Ierakhmiel já estava na rua, é que seu coração começou a disparar pelo que passara. Apesar de não ter entendido muito bem o que o homem dissera, sentiu que não apenas sua mercadoria estava em perigo, mas ele também pessoalmente. Escurecia!... Ele vagava perdido entre as cercas floridas e os caminhos tortuosos. Seu coração continuava acelerado...
Ierakhmiel sentou-se esgotado numa elevação gramada, olhando para a mala como se fosse um ser vivo. Dos pântanos ao redor, ouvia-se o canto dos grilos e o coaxar dos sapos. Seu pensamento transportou-o à sua velha terra, a Staschev, e à sua mulher e filho. Lembrou-se do crepúsculo de sua aldeia polonesa e, olhando a mala, mais uma vez se arrepiou.

* * *

Quando já estava na estação, de repente uma menina apareceu, correu para ele e entregou-lhe um bilhete. Sentiu-se feliz por tê-lo encontrado, ao que parece era a pessoa certa.
O medo despertou novamente em Ierakhmiel, e rapidamente ele enfiou o papel no bolso.
Na cidade, os conterrâneos leram e traduziram o bilhete: "Bom homem, tenha dó de si e não ouse voltar aqui em minha casa no dia e hora marcados pelo meu marido. Tome cuidado com ele. Ele é bruto, um fiscal. Se você estiver na minha rua, nas primeiras horas da manhã, para cobrar os seus fregueses, apareça na frente de minha casa, mas espere antes por um sinal meu!"

ITZIKL, O MASCATE DE OURO VELHO

Tradução HINDA MELSOHN

NÃO SE TRATA de um dos heróis de Jack London, daqueles exploradores ou mineradores de ouro que perambulam pelos desertos da Califórnia e do Alasca, com fome de ouro nos corações febris, com facas e pistolas na cintura.

Itzikl é polonês de Staschev. Um daqueles judeus que se lançam pelas comunidades brasileiras à procura do ouro que jaz esquecido em casas de lavradores. São pessoas que desconhecem o preço do metal amarelo que a memória abandonou em antigos móveis dos tempos coloniais, lembrança dos armadores portugueses. Pelos caminhos, os compradores repetem com monotonia: "Compro ouro velho, quebrado, enferrujado: dentes velhos de ouro, correntinhas quebradas".

Se ele puser as mãos num pedaço de "ouro velho, enferrujado", estejam certos, ficará com ele. Pague ele o justo valor ou use de subterfúgio, será dele.

Parentesco existe entre os negociantes de ouro judeus e os mineiros e aventureiros de Jack London: a fantasia inflamada. Os heróis de Jack London são, porém, obstinadamente calados e os negociantes judeus que procuram ouro são gabolas e "poetas".

Quando Itzikl chegou de Staschev, muitos de seus concidadãos já haviam progredido e enriquecido com as vendas à prestação ou o comércio de ouro. Itzikl, depois de penar em vários negócios, atirou-se ao ramo do ouro com todas as suas forças e com sua proverbial fome de ganho.

Não se sabe se enriqueceu após anos como mascate, mas, dentre todos os *goldklapers,* os mascates que trabalham com ouro velho, de Staschev, ele é o rei dos fanfarrões e da fantasia.

Aos domingos, reúnem-se todos em torno de uma mesinha num bar e Itzikl perora:

– Quando eu era gringo, eu ganhava um conto por dia, um conto por dia!

– Com ouro, Itzikl?

– Naquele tempo ainda não havia ouro... naquele tempo, havia – "um navio naufragado": pegava uma capa de chuva no Bom Retiro, por uns quarenta mil réis, jogava nas costas, passeava para cima e para baixo em Santos, na praia, ali, ao lado dos hotéis e cassinos ricos. Ficava passeando até ser notado pelos senhores sentados às mesinhas, que me perguntavam: "Deseja algo, senhor? Procura por algo?"

– Contava-lhes num inglês trôpego: *Misters!* meu navio afundou... fortuna perdida. Nenhum *penny* no bolso. Uma capa de chuva de Manchester, custa doze libras. Vendo por oito libras.

Sentados no cassino – continua Itzikl – os fazendeiros ricos, exibidos, como vocês sabem, querem se mostrar diante de suas mulheres. Ao ouvirem falar de um impermeável inglês, "puro Manchester", começavam uma disputa e todos queriam comprar. E era assim que eu chegava a receber as doze libras!

Terminado um cassino, outra capa e um segundo cassino: "Um navio naufragado"... Assim ganhava eu um conto por dia, um conto por dia!

À mesa, os ouvintes deliciam-se com os exageros de Itzikl, a

quem já ouviram mais de uma vez. – Um judeu de Staschev, de aparência forte, um *goldklaper*, vendedor de ouro, que progrediu, enriqueceu, e gosta, segundo o hábito dos ricos, de ouvir as fanfarronices dos pobretões, intervém:
– Deixe o navio afundado, Itzikl. Conte antes a história dos suspensórios!
– O que há para contar? – é uma história simples: quando voltava de Minas, onde tinha negociado muito ouro, desci na estação de Mogi das Cruzes para tomar um cafezinho. Encontrei um fazendeiro conhecido e entabulei uma conversa. Fumamos um cigarro. De repente, o trem começou a mover-se. Pulei no trem – eu havia deixado lá meus pacotes com ouro –, mas uma alça do suspensório ficou enganchada num poste da Estação Mogiana... O trem seguiu e o suspensório foi esticando, esticando...
Uma hora depois, ao chegar à Estação do Norte, recebi um piparote do suspensório. Só então ele tinha se desprendido do poste de Mogi das Cruzes!
Itzikl lança um olhar sobre o auditório. O grupo de abonados mascates de ouro delicia-se com suas histórias. Em seus rostos lê-se grossa satisfação. Itzikl, pálido, de olhos grandes e profundos, é uma máscara de Mefistófeles que jamais permite decifrar a verdade: será que ele tem dinheiro ou é um pé-rapado? Alguns dizem que ele tem dinheiro, muito dinheiro "nos bancos". Outros dizem que é um pobretão que não tem sequer o suficiente para comprar remédio para os filhos.
– Então Itzikl – esta semana você fez algo? Teve uma boa semana? Onde esteve negociando? Outra vez em Minas? – pergunta o mesmo mascate.
– Mandem servir um cafezinho que eu lhes contarei de que jeito fechei o mês com um único negócio – Itzikl tece sua fan-

tasia: – Isto ocorreu na cidade de Tév'ie[1], a cidade de Scholem Aleikhem Vlakhlaklakois, que aqui se chama Aracaçabatuba. Antigamente havia lá muito ouro... rolando ao léu em todas as chácaras. Daquela vez, pus-me a andar o dia inteiro, de uma chácara para outra, de fazenda para sítio, e nada – não havia sinal de negócio. Arrastava-me com dificuldade. Não tive sequer forças para chegar à estação a fim de voltar para casa. Vocês sabem, quando não se faz nada, fica-se cansado, perdem-se as forças. O sol queimava, era um fogo no céu... Não havia nem mesmo onde tomar um gole d'água. Pensei: irei ainda até a grande fazenda, a última na estrada. Mal consegui me arrastar até o portão, bati três vezes com a bengala!

Saiu um negro e perguntou:

– Que deseja? Quem é você, o que quer?

Respondi: – Tenho um negócio para o patrão, para o fazendeiro. Vá e diga ao seu dono que um russo tem um negócio para ele.

Itzikl se detém, olha com atenção para seus ouvintes:

– Vocês bem sabem, eu não gosto de tratar com empregados. Eu vou sempre direto ao dono. Meu fazendeiro ouviu *um russo*, saiu, estendeu-me a mão com respeito e indagou:

– Que quer vender? Ou, quem sabe você quer comprar alguma coisa. Respondi sem delongas:

– Eu compro ouro! Ouro velho.

Abri minha pasta e mostrei a carta do governo local, declarando que eu, Itzikl de Staschev, estava recomendado para comprar ouro para o Banco do Brasil. Bem, vocês sabem...

Respondeu o fazendeiro:

---

1. *Tevie*: um personagem do escritor *Sholem Aleikhem*. A cidade do *Tevie* é a imaginária: VLAKHLAKLÀKOIS, nome difícil e engraçado com significado de exageros e lisonjas. No conto Itzikl da o nome de *Aracaçabatuba* a suposta cidade imaginária para poder exagerar a sua história.

– Você vê a corrente com a qual o cachorro está amarrado no canil? Diga, russo, quanto vale ela?
Dei uma olhada – epa! – uma corrente de ouro, ouro puro... talvez dezesseis quilos, um *pud*[2]. Peguei meu alicate, que carrego sempre comigo, e, ao examinar a corrente, tentei arrancar algumas argolas. Nem pensar! Duras como aço! O fazendeiro mandou trazer uma bigorna e um martelo pesado e, com muito esforço, cortamos uma boa porção de argolas. Arrastei-as numa carrocinha, até a Estação de Aracaçabatuba, paguei uma ninharia ao fazendeiro, me despedi com um cálice de pinga e, ao voltar para casa, anunciei à minha mulher: – Ganhei o ano! Um *pud*, dezesseis quilos de ouro!

Itzikl diz isso friamente, quase com melancolia e parece até que deu um suspiro silencioso. A turma dos *goldklapers* assusta-se, apesar de conhecer as gabolices de Itzikl. Será verdade?

Um deles não pode agüentar: – Brincadeira, dezesseis quilos de ouro? – E continua: – Quanto você quer abater? Talvez seja um pouco menos.

– Bem, que seja menos. Meio *pud*, oito quilos havia com certeza...

– Oito quilos?! Nada menos?

– Então que seja menos. Um quilo havia com certeza...

Os companheiros ficam alegres, sai-lhes um peso do coração... O *Staschever* grandalhão dirige-se asperamente a Itzikl:

– Diga a verdade, Itzikl, quanto ouro você conseguiu com o fazendeiro em Aracaçabatuba?

Itzikl levanta seus grandes, profundos e tristes olhos, examina seu gordo conterrâneo e calmamente responde:

– Quer saber? Vá até lá e você vai ficar sabendo. Um pedaço da corrente ainda ficou lá. Mas cuidado com o cachorro!...

2. *Pud*: medida russa equivalente a 16 kg.

MONA LISA

Tradução MEIRI LEVIN

— N ossa Senhora! Senhora das Dores... do Bom Parto... do Bom Pensamento! Nossa Senhora do Amparo! Nossa Senhora, bem baratinho!...
— Santas! Santas! Santa das Dores! Santa dos Partos... Santa da Boa Vontade! Santa do Amparo!

A voz de Avrum se espalhava sobre aquelas extensões arenosas e secas, de ar acobreado, sem nenhuma ressonância. As janelinhas das raras casas estavam aferrolhadas e não se via viva alma nas redondezas.

Desta vez ele havia se afastado um pouco mais longe, por novas paragens onde estivera pela primeira vez havia um mês. Perdia-se cada vez mais por entre as faldas do morro, seguindo o caminho de areia escaldante e atravessando pequenas vilas, tentando seguir as pegadas daqueles fregueses a quem tinha vendido anteriormente. Examinava os cartões, nos quais, além dos nomes, havia anotado algumas indicações: "ao lado do morro", "perto da fonte", "perto do cipreste" e assim por diante.

O ar, como fragmentos de fogo, treme com o calor escaldante. O inverno brasileiro estava atrasado. Fazia meses e meses que não caía nenhuma gota de chuva. Somente de manhãzinha, na madrugada, espalhava-se o sereno, e uma densa neblina umedecia um pouco o mato; mas logo em seguida o sol passava a queimar e o mato, a ficar tostado. Os arbustos ficavam chamuscados, como carapinhas em cabeça de negro. Aqui e ali apareciam algumas poucas árvores perdidas cujas folhas, com a aparência de couro, grossas e vermelhas, se recobriam de uma espessa camada de terra. O ar, saturado de poeira fina, provocava cócegas, como se fosse tabaco moído.

Na pesada mala de Avrum encontravam-se embrulhadas as imagens, os "Santinhos", como são chamados por seus companheiros. É uma mercadoria como outra qualquer, como cortes de seda, que os ambulantes mais ricos, mais respeitáveis, aqueles que já possuíam um crédito maior, negociavam.

Avrum, assim como muitos dos outros que estavam à procura da "sorte grande", seguia a linha dos negociantes de ouro velho e vendedores de santinhos. Para este negócio não necessitavam de muito dinheiro, nem de se humilhar pedindo algum crédito aos comerciantes patrícios, aqueles que já estavam estabelecidos no Bom Retiro. Seus companheiros, que moravam com ele na mesma pensão, tinham-lhe arrumado crédito com o "bom amigo" português, e este o abarrotara de mercadorias.

Lá na casa do português, empilhado num depósito apertado, em meio à poeira e ao mofo, encontravam-se pilhas de toda espécie de artigos religiosos: cruzes e estrelinhas enegrecidas, estranhos terços de diferentes tamanhos e comprimentos, pilhas sem fim de livros de catecismo, em brochura ou com capas enfeitadas de dourado e prateado – tudo ridiculamente barato, quase de graça. O português, esperto e falador, vestido com um colete de veludo, havia assumido em relação a Avrum uma atitude paternal, chamando-o sempre de "meu filhinho", mas estava sempre querendo lhe empurrar todo tipo de mercadorias, atribuindo-lhes nomes grosseiros, epítetos que nada tinham de bonito nem de sagrado.

Avrum, assim como os seus companheiros judeus, os chamados "vendedores de santinhos", se esquivava desses outros artigos que lhe eram oferecidos e só levava as imagens das sagradas "Nossas Senhoras"... litografias multicoloridas, em simples molduras ou de chumbo esmaltado, *cloisaunné*. Avrum era da cidade de Tchenstokhov[1]. Em sua terra natal os judeus não negociavam com aqueles artigos. Talvez com cruzes de ouro, ainda que na cidade houvesse uma grande quantidade de imagens religiosas, as sagradas "Mãe de Deus". Aqui, porém, não era Tchenstokhov, e ele bem conhecia os apelidos com que o português chamava aquelas imagens e figuras... De qualquer maneira a família, que ficara na terra natal, não tinha conhecimento deste seu inadequado ganha-pão. Avrum, porém, não se sentia completamente em paz; um vago sentimento de vergonha o acompanhava e o corroía. Inúmeras vezes havia decidido que, logo que vendesse o lote de mercadorias, não se envolveria novamente com aquele tipo de artigo, mas era cada vez mais puxado e atraído de volta ao português!

Ao exibir diante das mulheres aquelas imagens e bugigangas feitas em série, Avrum conseguia perceber nas jovens freguesas os seus mais discretos e escondidos cantinhos da alma, suas vontades mais íntimas e os seus dramas. Cada "Nossa Senhora" servia para uma dor diferente... Tanto ele como o português sabiam que todas elas tinham o mesmo rosto, o mesmo vestido drapeado até os pés, como uma pirâmide. A diferença estava somente no nome.

Sentia nesse trabalho um certo magnetismo, uma aventura picante que não ficava clara nem para ele mesmo; talvez pelo

---

1. *Tschenstokhov:* cidade polonêsa Czestochova, famosa pela Madona Negra.

fato de, ao conviver com aquelas jovens mulheres, acabar sempre se envolvendo em conversas íntimas, enredando-se em suas delicadas tramas.

As mulheres sempre compravam com gosto os quadros e imagens, principalmente do jovem russo. Parecia-lhe que elas olhavam para ele de maneira diferente dos outros mascates. Compravam as imagens sagradas com suas últimas moedas e sorriam para ele, quando as procurava naquelas remotas e esquecidas vilas, tão longe da cidade.

Nas horas de solidão e nas horas de sofrimento, naquelas noites em que ficavam sozinhas, abandonadas por seus maridos, as pobres moças voltavam-se para as santas, "Nossa Senhora do Bom Parto", "da Boa Vontade", para ter um bom parto, bons pensamentos... E não eram poucas as mulheres que se lembravam daquele jovem e bem apessoado russo que lhes trouxera a santa para a casa...

* * *

A tarde já estava chegando ao fim. Avrum, naquele dia ainda não conseguira vender nada. Na mala encontrava-se a foto ampliada da nova freguesa, a Cecília, cuja casinha devia ficar por ali, escondida entre os barrancos. Enquanto procurava, Avrum apregoava de forma monótona, o tão conhecido refrão: "Santas, Santa das Dores, da Sorte. Santa da Boa Esperança, Santa da Beleza..." e eis que, de repente, sai de uma das casinhas um grupo de moças, que deviam estar reunidas na casa de uma das vizinhas. Mulheres jovens, quase meninas ainda, carregando ao colo seus pequenos bebês.

As jovens mães rodeiam Avrum e fazem-lhe perguntas sobre as imagens, sobre os quadros, como se ele pertencesse à mesma família das santas, como se ele fosse enviado por elas.

Avrum tira para fora aquelas rebuscadas imagens das santas, figuras estáticas, de olhar opaco e fixo, e explica-lhes com a ladainha que já sabe de cor:

— Esta é para ter um parto fácil; esta outra para ter bons pensamentos, e esta aqui para dar sorte...

O primeiro entusiasmo havia passado. Nenhuma daquelas mulherzinhas se decidia a comprar. Por experiência própria e pelo que contavam os seus companheiros, Avrum sabia que, quando muitas mulheres se juntavam, evitavam comprar santinhos, para não revelar seus íntimos segredos e necessidades para as outras; elas só compravam quando se encontravam a sós com o vendedor.

Fez-se um silêncio gelado. Para as mulheres brasileiras, sempre tão delicadas, não ficava bem dizer simplesmente "não" ao vendedor. Avrum já conhecia essa situação e para tanto tinha preparado a "sagrada Nossa Senhora da Beleza", a Mona Lisa: ela estava colocada bem no fundo da mala. Afastou-se alguns passos e levantou bem alto o imponente quadro de uma linda mulher, "uma beleza santificada", – "Nossa Senhora da Beleza". As mulheres ficaram alvoroçadas. Ele explicou-lhes que o quadro era um talismã para conservar a beleza das jovens, e que também alterava o rosto daquelas "coitadas" a quem a natureza havia discriminado.

Avrum vendeu algumas Monas Lisas, embrulhou o seu "negócio de santas" e se informou de onde ficava, ali pelas redondezas, a casa da dona Cecília.

* * *

O famoso e genial mestre italiano com certeza não poderia jamais imaginar que papel a sua obra iria representar. O português, o dono do depósito de atacados, fazia também ampliações e retoques de fotografias, transformando-as em quadros coloridos, e os "vendedores de santos" eram os seus agentes. Eles se propunham ampliar e embelezar fotos de noivas ou do tempo de jovens, quando a vida sofrida ainda não tinha deixado suas marcas. A Gioconda, nessas negociações, servia de modelo. – Essas ingênuas moças da periferia convencem-se de qualquer coisa.

* * *

Agora, Avrum se arrastava em direção à sua última freguesa. Sua casinha devia ficar do outro lado do subúrbio, ele se lembrava vagamente, isolada lá na vila, abandonada, como a própria dona Cecília, sem filhos e viúva havia muito tempo. No mês anterior, quando ele estivera naquelas redondezas pela primeira vez, as mulheres que o rodeavam disseram-lhe para não deixar de ver dona Cecília, coitada, primeiro porque ela necessitava da compaixão da Nossa Senhora e também de todas as pessoas, por estar sofrendo muito, expiando pelos seus atos e pelos caminhos tortos que trilhara; era até melhor nem tocar nesse assunto...

Assim falavam sobre ela as vizinhas, e para Avrum era difícil discernir se as palavras eram verdadeiras ou irônicas. Daquela vez ele se demorou muito em sua casa. Diferentemente do que era costume com as mulheres no Brasil, que não deixavam nunca homens desconhecidos entrar em casa, nem mesmo para fins comerciais, dona Cecília o havia convidado a entrar. Quando Avrum mostrou a sua coleção de santos, dona Cecília fez uma careta, e só se deixou convencer a ampliar uma foto sua para um grande quadro de parede. Ele teve tempo de reparar que o quarto era bem arrumado, com um toque feminino, vagando no ar um forte perfume de flores. Dona Cecília, apesar de já um tanto fanada, ainda conservava um pouco do antigo encanto.

O ar de seus olhos cinzentos semeava tristeza e despertava em Avrum pena, misturada com outros sentimentos.

Naquela ocasião, ele havia se demorado muito por lá, e por isso perdera o último trem. Ela o conduzira por caminhos escuros do morro até a estrada, até o ônibus. Haviam conversado sobre o destino das pessoas solitárias. Pois o Avrum também era um solitário...

* * *

Agora que Avrum se aproximava dela, sentia certa tensão. Ela já o esperava, pois os refrões do comerciante tinham chegado aos seus ouvidos e cessaram com a sua aproximação.

Da mesma maneira que no mês passado, ela se encontrava sentada, como uma criança, nos degraus da sua pequena varanda. De longe, aos olhos de Avrum, parecia uma mulher seca e envelhecida. A aragem do anoitecer soprava em seus cabelos soltos e levava o pouco que lhe restava de juventude. Pareceu-lhe ainda mais velha. Mas assim que Avrum ficou face a face com ela, sentiu de novo o olhar, tal como no mês passado, a mesma tristeza, e a mesma chama de desejos que esmoreciam naquela mulher.

– Boa tarde, dona Cecília, como vai a senhora? – cumprimentou-a Avrum, tirando da mala o retrato ampliado, que estava embrulhado junto da foto original.

– Como vai, senhor? – respondeu a mulher. – Entre, dentro está mais fresco, o senhor poderá descansar um pouco!

Avrum deparou-se com um interior fresco e agradável. A casa ainda conservava aquele mesmo aroma do mês passado, a mesma ordem e a mesma calma. Dona Cecília lhe entregou uma toalha para que se limpasse da poeira e do suor e encheu-lhe um copo de água fria do filtro.

Comovido com a acolhida, com o silêncio e o frescor da casa, Avrum teve uma sensação de repouso. Ele queria reatar a conversa sobre aquele tema interrompido, o da solidão, mas não conseguia encontrar o fio da meada. Não encontrado as palavras exatas, imediatamente lhe entregou o pacote embrulhado:

– Veja como a senhora ficou parecida, dona...

Quando o português havia embrulhado o quadro, Avrum não o vira, caso contrário com certeza não o teria trazido para dona Cecília. Do retrato recém-desembrulhado surgiu algo acinzentado, uma criatura enrugada, com os lábios cerrados, um ar zangado, olhar triste e opaco, voltado para baixo, para a própria face, como se fosse o retrato de uma morta.

Avrum ficou paralisado. Toda a expectativa daquele mês, de se reencontrar com dona Cecília e reatar aquela conversa inacabada, desapareceu de repente. Uma grande piedade acendeu-se nele, tanto pela mulher como por ele próprio.

Dona Cecília pôs-se a remexer a mala de Avrum para disfarçar sua vergonha e humilhação. Com tristeza e desprezo afastava os quadros baratos das santas, as imagens sagradas, até se deparar com aquele sorridente rosto de mulher, de cabelos soltos e seu olhar de felicidade, a Mona Lisa.

Desviando-se de Avrum, ela amassou a ampliação do seu próprio retrato. E, vendo-se refletida na imagem daquela mulher desconhecida, pouco a pouco seu olhar cheio de tristeza se diluiu e agora, com calor, voltou-se brilhante para Avrum.

O DOUTOR E O MASCATE
Tradução Dina Lida Kinoshita

Mal os primeiros raios de sol penetravam pelas frestas das venezianas, Moische-Volf acordava. Ansioso por seu ganha-pão, ele era impelido a sair muito cedo de seu lar. Primeiro rezava só com os *tefilim*, os filactérios postos, sem o *tales*, o xale de oração; ele mesmo fervia um pouco de café preto – não queria acordar Nekhe, sua esposa. Inspecionava seu pacote de mercadorias, dava-lhe uma bênção, como se fosse um saquinho de *mitzves*, de boas ações, e parando por um tempo à soleira do dormitório da filha, lançava um longo olhar sobre sua filha única de catorze anos. Arrastava seu pacote e saía à rua.

Moische-Volf vivia provisoriamente no bairro, havia já uma década. Os conterrâneos aconselharam-no a permanecer ali, quando ainda era um gringo, por ser o aluguel mais barato e ser mais fácil chegar a seus clientes e expandir a clientela. Entretanto, ele nunca deixara de ser atraído pelos irmãos, filhos de Israel, no Bom Retiro, e pela idéia de morar entre eles. Sua filhinha estava crescendo, desabrochava dia após dia, como uma árvore. Doía-lhe a consciência por não tê-la enviado sequer para a escola judaica do Bom Retiro[1]. Como poderia expô-la ao perigo de

---

1. *Bom Retiro:* bairro da cidade de São Paulo, onde morava a maioria dos judeus até os anos 50. A rua principal do bairro é José Paulino.

tomar ônibus entupidos, com os rapazes libidinosos? – Em todo caso, eu cumpri meu dever, ao ensinar-lhe um pouco de hebraico e interpretar-lhe o Pentateuco – consolava-se Moische-Volf.

Moische-Volf almejava amealhar um pouco de dinheiro, livrar-se das dívidas, comprar suas encomendas à vista e economizar para comprar um carrinho, alugar uma casa, mesmo que fosse menor, nas ruas judaicas. Sempre que saía muito cedo de casa e seu olhar se demorava nos olhinhos adormecidos e fechados de sua Rêizele, ele ficava profundamente dividido:

– O perigo é grande, grande – e ele decidia, com determinação, que ainda naquele ano devia acontecer: fugir do bairro, onde não se encontrava nenhuma família judaica. Com estes pensamentos, carregava com maior ímpeto o pacote de mercadorias.

Com forças renovadas, descansado, ele carregava o pacote, leve como se aquilo fosse um saquinho de filactérios.

Ele se afastava de sua rua, subia o morro em direção às vilas da Serra da Cantareira. Ainda era cedo. O orvalho da grama à margem da estrada ainda brilhava com tons violáceos. A neblina, como se fosse geada, cobria as árvores. Moische-Volf seguia feliz. Agradava-lhe aquele mundo livre e belo. Seu pacote de mercadorias parecia-se com uma bola que ele havia adquirido havia algum tempo para sua Rêizele e como uma bola ele mudava o pacote ora para um lado, ora para outro de suas espáduas e, de vez em quando, colocava-o sobre o chapéu amassado, na cabeça. No caminho não se encontrava viva alma e, cantarolando uma melodia litúrgica, ele se aproximava das casas de suas clientes.

Moische-Volf aprumava-se. Tirava o pó, – a neblina já de dissipara havia muito tempo. Ele dava início a seu trabalho: batia à porta de suas clientes, entregava-lhes as encomendas. Fazia isso com temor e receio, com humildade e fé. Era o seu desvelado ganha-pão e sabia que a vida e a morte dependiam da fala. Moishe-Volf escolhia uma série de palavras amáveis, delicadas, para mostrar respeito a suas clientes e costumava ficar diante delas de olhos baixos, como se fossem rainhas.

– Para o brasileiro, basta encontrar uma boa palavra, uma palavra gentil, um belo motivo – tinham-lhe explicado os conterrâneos nos primeiros dias após sua chegada ao Brasil e ele se dera conta desta verdade ao longo dos anos em que mascateava, e a cumpria como se fosse a Lei de Moisés.

Aos poucos, ele ia entregando as encomendas. Por enquanto sem enganos, ele acertara os tamanhos e cores dos vestidos femininos bem como das blusas e camisas masculinas. Tivera êxito na cobrança e, com coragem, ocupava-se da parte mais difícil de seu ganha-pão, que era repleto de perigo e tentações: *klapn*, mascatear, em vilas novas e desconhecidas, para expandir a freguesia. Eram apenas 10 horas da manhã e o Deus Todo-poderoso iria ajudar!

Entrementes, o calor aumentara. O orvalho das árvores já se tinha evaporado e a neblina dos vales desaparecera. As casas eram cada vez mais esparsas, as vilas mais afastadas e o caminho sempre ascendente. O pacote, apesar de menor, já não era uma bola, mas um fardo.

Moische-Volf, porém, não sentia nenhum cansaço. Afinal, o pacote que lhe pesava como um fardo santificava seu ganha-pão. Só Deus era testemunha da dificuldade de ganhar o pão honestamente. Era para sua filha única, que ele deixara em casa ainda adormecida. Rêizele, Rêizele...[2]

Alegremente entretido nesses pensamentos, deparou-se com

---

2. *Reizele*: nome ídiche. Rosinha em português.

uma casa grande e respeitável, cercada por um jardim florido. Ao lado do portão, uma placa metálica: "Dr. Pereira, médico". Moische-Volf, trêmulo, tocou a campainha. Uma vez e outra vez. – Tudo depende da sorte – ele sentia que o pacote tremia ao seu lado, no solo...

Atendeu um rapaz de cabeça bonita e olhos arredondados e ternos... que estendeu a mão a Moische-Volf. Era a primeira vez que isso acontecia desde que ele começara a mascatear. O menino lançou um olhar para o pacote e, com voz meiga, perguntou a Moische-Volf, o que ele tinha para vender.

Moische-Volf recitou-lhe o longo refrão: "camisas, calças, blusas, roupas íntimas, roupas de cama". O rapaz pediu-lhe que aguardasse e entrou alegremente em casa. Moische-Volf ficou atônito, parecendo-lhe que o garoto deixara atrás de si um rastro ensolarado.

O rapaz voltou em seguida: – Entre, senhor, minha mãe pediu para convidá-lo a entrar.

Moische-Volf levantou o pacote. O pacote flutuava em seus braços, como se tivesse adquirido asas... Na varanda, diante de uma distinta senhora, que ele não ousava mirar de frente, foi desdobrando a mercadoria.

Calada, sem palavras, a dona de casa escolhia e selecionava. Recolocava as peças do ambulante como se quisesse reordená-las. Finalmente, depois de escolher um considerável número de camisas, ela se dirigiu a Moische-Volf:

– Com certeza, conhece meu marido, o Dr. Pereira? Ele tem o pescoço grosso. Se tem em sua casa a mercadoria escolhida no tamanho dele, o maior de todos os números, pode trazê-la. Entretanto, é melhor que a mostre primeiro a ele, pois é possível que não lhe agrade, apesar de precisar urgentemente de camisas novas. Ele mesmo não tem tempo de ir à cidade para comprar algo, coitado, coitado. – Antoninho – chamou ela o rapaz que os estava observando – leve o senhor ao consultório.

O garoto, feliz, moveu-se alegremente, ajudando Moische-Volf a amarrar o pacote e logo o acompanhou. O rapaz de olhos grandes, arredondados e travessos, apontou o outro lado do vale, lá no horizonte, onde se via uma fábrica; lá estava o consultório. O caminho era sinuoso e árduo. Era preciso atravessar o vale que dividia o campo. Primeiro descer o caminho pedregoso em declive, depois subir de novo e caminhar um bom pedaço.

Antoninho saltava à frente e freqüentemente, de costas, com o rosto voltado para Moische-Volf solicitava de forma infantil e cordial que lhe entregasse o pacote para carregá-lo um pouco.

– O senhor deve estar cansado de tanto escalar os morros – argumentava. Moische-Volf ficara lisonjeado com o pedido do rapaz, mas não lhe entregara o pacote. Esforçava-se para lembrar onde de fato já o havia encontrado, tão próximo e familiar ele lhe parecera. Ele próprio não se recordava: o rapaz era parecido com uma gravura do rei Davi quando ele corria solto, ainda menino, com um arco e flecha. Moische-Volf vira esta gravura no seu *taitch khumesch*, a tradução ídiche do Pentateuco, para a oração das mulheres. Sim, é o mesmo retrato – Moische-Volf fitou novamente o cabelo encaracolado e os grandes olhos arredondados do gentiozinho. Parecia a Moische-Volf que estava sonhando: ao seu lado um rapazote tão jovial, tão animado, tão alegre...

O rapaz continuava caminhando ao lado de Moische-Volf, ritmicamente, em compasso. Parecia que caminhavam pai e filho. Moische-Volf estava entretido em pensamentos: desde que ele mascateava, pela primeira vez sentia claramente que estava sendo levado a uma nova experiência. Por fim chegaram a uma larga estrada. De longe se avistava a fábrica. O rapaz adiantou-se, enquanto Moische-Volf parou um pouco, tanto pelo cansaço como pelos pensamentos. O rapaz parou ao lado de uns degraus. Acima, uma placa grande: "Dr. Pereira".

* * *

A porta do consultório do Dr. Pereira, na avenida, estava escancarada. Através dessa larga porta brilhavam os bancos toscos e negros destinados aos que esperavam. O consultório sempre estava lotado e freqüentemente as pessoas precisavam esperar em pé, do lado de fora, na rua. Parecia um ambulatório urbano. Embora não faltassem outros médicos na região, mais jovens e mais modernos, o Dr. Pereira era o mais aceito e confiável.

Sua popularidade devia-se ao fato de exercer a medicina naquele lugar por duas décadas e também por curar os doentes com métodos antigos, sem solicitar chapas por qualquer ninharia nem as dispendiosas análises. Ele próprio, o doutor, encostava a cabeça de cabeleira abundante e as bochechas peludas ao peito ou às espáduas do enfermo, apertava e apalpava o corpo, até encontrar o segredo da doença; além disso prescrevia fórmulas próprias, e não medicamentos caros. Seguindo suas receitas, o doente adquiria seus remédios por tostões. Entre o grande número dos que aguardam na ante-sala, havia operários e soldados reformados. Isso mostrava que o Dr. Pereira não queria usufruir da porcentagem que as indústrias farmacêuticas ofereciam aos doutorzinhos, para que receitassem seus produtos.

Os pobres, atacados por doenças e abcessos suspeitos, confiavam no Dr. Pereira, porque sentiam que não era tão pródigo e economizava os vinténs duramente apurados por seus pacientes e, sem chapas e análises, ele entendia melhor as dores do doente que os doutorzinhos ávidos por dinheiro.

Examinava paternalmente o doente, ele próprio ajudava-o

a se despir e vestir, deitar e levantar da maca. Portanto não surpreendia que o Dr. Pereira estivesse ocupado desde cedo até a tarde. À noite realizava visitas domiciliares.

Sempre vestido de maneira negligente, ele não se diferenciava em nada de seus clientes pobres. Somente seu corpo atlético, de estatura mediana, espadaúdo, e sua bela cabeça arredondada, com olhos agudos mas ternos, compreensivos, mas também perscrutadores, diferenciavam-no dos modestos clientes. Diante dele o doente não necessitava de ocultar nada nem podia fazê-lo. O Dr. Pereira não buscava apenas o segredo da enfermidade mas também os segredos do doente... embora todo tipo de colegas médicos tentasse diminuí-lo e falasse dele com pesar, como um médico antiquado, não se esquecendo de assinalar que nem havia um crucifixo no seu gabinete... Como entre os macumbeiros, aqueles que praticam o baixo espiritismo...

Quando Antoninho e Moische-Volf chegaram, o Dr. Pereira atendia seu último paciente, já era hora do almoço. A porta do gabinete estava aberta. A grande sala de espera ainda permanecia entorpecida pelo ar espesso e acre dos pacientes pobretões. Moische-Volf, na ponta dos dedos, encostou seu pacote, que já estava completamente ensopado de suor, num canto, entre um banco negro e a parede descascada. Ansioso, ele esperava pelo fim do jogo, ao qual havia sido atraído naquele dia.

Quando o último paciente saiu – um idoso barbudo, de vestes desabotoadas – o médico mandou entrar Moische-Volf, pensando que seu filho havia trazido um paciente que não sabia seu endereço, como devia acontecer com freqüência. Antoninho, animado e feliz, sem sequer cumprimentar o pai, apontou o pacote oculto de Moische-Volf:

– A mamãe pediu que desse uma olhada nas camisas.

O doutor fitou com um olhar cansado o ambulante suado, seu

casaco úmido, examinando-o profissionalmente, como se fosse um paciente. Após um momento de silêncio, disse secamente:
— Para que preciso de camisas? — mas, dirigindo-se ao "russo": — Vejo que o senhor está cansado — e então, acrescentou: — Deixe ver o mostruário.

Antoninho atirou-se ao pacote, ajudou a desembrulhar, como se fosse sua mercadoria, e puxou o mostruário.

— Papai, eis os que a mamãe escolheu. Talvez você queira mais, tem uma boa ocasião...

— Você por acaso recebe uma comissão, Antoninho? — o pai lançou um olhar carinhoso a seu filho.

Moische-Volf observava maravilhado como o rapaz lidava com o pacote dele, com o embrulho ensopado de suor. Enquanto isso, o médico limpava-se com a toalha, depois de atender o último paciente. Ele não queria aproximar-se do pacote.

— Compre, papai, compre — pedia o rapaz, e Moische-Volf, amargo e trêmulo, murmurava automaticamente como se lamentando e repetia: — Compre, compre... Ele queria lembrar-se das frases em português que costumava dizer quando oferecia a mercadoria, mas elas lhe fugiram da memória.

— Pois bem. Confio no gosto da mamãe. Meu número é 42, melhor, 43. Traga meia dúzia — respondeu o doutor a Moische-Volf, meigamente como se falasse a um doente, com a toalha na mão.

— Vou com ele para casa, ele mora em nosso bairro — afirmou o rapaz, meio travesso, meio pedindo, fitando diretamente os olhos paternos.

— Você não vai virar um ambulante? Vá, vá, moleque!

Moische-Volf levou consigo o rapaz para casa. Abriu a porta, e Rêizele já havia voltado da escola.

* * *

Moische-Volf tinha conseguido um novo freguês, o Dr. Pereira. E um bom freguês. Não bastasse ele não precisar ficar esperando um mês entre uma prestação e outra, como fazia com os outros fregueses, a esposa do médico enviava Antoninho freqüentemente à casa dele com o dinheiro e sempre com novos pedidos, fosse para ela, para o rapaz ou para o médico. O filho do médico tornou-se um assíduo freqüentador da sua casa e Nekhe, a esposa de Moische-Volf, elogiava-o todos os dias:

– Uma boa alma, esse rapaz – e acrescentava: – Oh, Deus do Céu, se fosse um rapaz judeu, uma criança judia... hein, que diz você?

Moische-Volf, como se fosse culpado, num momento assim, tremia, não respondia nada.

Nekhe, uma senhora loira, religiosa como seu marido, metida num avental axadrezado, sem uma mancha nem sinal de sujeira, passava o dia todo limpando os utensílios, sem tirar os olhos sequer por um minuto de sua Rêizele, enquanto Antoninho permanecia na casa. Como um amuleto protege uma parturiente, ela procurava proteger Rêizele postando-se entre os dois, tanto quando ficavam em pé, como quando sentavam à mesa... para que o rapaz e a moça não pudessem sequer trocar olhares, Deus nos livre... mas nem sempre tinha sucesso. Trancar a moça no seu estreito dormitório ela não podia, porque as tarefas escolares, a moça as fazia na grande sala iluminada, desde o primeiro dia em que começara a freqüentar a escola. Porém, mais tarde, as coisas pioraram e, para Nekhe, tudo havia se escurecido diante de seus olhos: Antoninho passou a aparecer com seus livros e, sem cerimônia, sem perguntar e sem cumprimentar, como se fosse o seu lar, sentava-se em frente a Rêizele e também escrevia. A mãe não tinha outra saída, a não ser sentar-se também, fingindo tricotar.

O rosto loiro e sedoso de Rêizele enrubescia de vergonha. Em dada ocasião tinha-lhe ficado clara a intenção da mãe e um novo sentimento manifestou-se pela primeira vez. Ela afirmara, com o rosto em brasa:

— Mamãe, escrevo e não sei o que estou escrevendo...

Antoninho nada disse, embora estivesse sempre tão alegre e falante. Naquele momento ele arranhava algo com a pena e, com seus grandes olhos arredondados, mirava o livro aberto.

Assim se arrastaram os meses. O rapaz, como o badalar das horas de um relógio, vinha todos os dias depois do almoço.

Mais tarde, Nekhe tomou conhecimento de que eles estudavam na mesma escola, embora não na mesma classe. Que Antoninho envidara esforços para conseguir a transferência. Soube também que o filho do médico acompanhava a filha dela da escola até sua casa e que freqüentemente a esperava na esquina, para irem juntos à escola. Nekhe deu-se conta de que colocar-se no meio, enquanto os meninos faziam suas tarefas escolares, era uma atitude vã e envergonhava à toa sua filha. Nekhe sentia que havia algo não muito correto também...

À noite, quando Rêizele já estava bem adormecida, Moische-Volf e Nekhe trocavam idéias e se lamentavam em silêncio, com palavras entrecortadas. Moische-Volf não tinha respostas para as queixas de sua esposa e, como um réu, apenas se lamentava:

— O que fazemos? Onde encontrar a saída?... fechar a porta ao rapaz? Como se pode fazer isso? Uma família assim, pessoas tão boas, verdadeiros *tzadikim*, homens piedosos, era preferível que fossem menos bons, contanto que fossem judeus... é claro que eles são demasiado bons para nós. Quem são eles e quem somos nós? – Nekhe ficou elucubrando a noite toda.

— Temo pela menina, por Rêizele – Nekhe se lamentava. A mínima ofensa a Antoninho a aborreceria, ela não iria suportar.

Moische-Volf tinha vergonha de contar à sua esposa o segredo que o perturbava desde o primeiro minuto: Antoninho era o rapaz, o Rei Davi, que se encontrava no *taitch khumesch*, o livro de orações para mulheres. Quantas vezes ele havia folheado às escondidas o grande livro, que estava no armário, no meio das roupas. Tinha o mesmo olhar brincalhão e malicioso, os mesmos pelinhos eriçados das sobrancelhas, o mesmo rosto arredondado, com os mesmos cabelos encaracolados, idêntico a Antoninho. Só faltava o arco. Moische-Volf se calava e apenas suspirava junto à esposa.

Após muitas noites maldormidas, o casal entendeu que não era possível fechar a porta ao filho do médico: portanto, estavam jogando com a própria vida da filha deles. Tomaram uma decisão ousada e perigosa, que na verdade era iniciativa de Nekhe. Moische-Volf ainda esperava por uma ocasião especial, para mostrar a Nekhe a gravura do *taitch khumesch*: Davi, o pastorzinho que enfrenta Golias.

A decisão era vender a clientela do bairro e mudar-se para outra residência no Bom Retiro, entre judeus. Essa era a única solução para a sua desgraça, e aquilo devia ser feito imediatamente, antes que as pessoas tomassem conhecimento de que sua Rêizele "estava saindo" com um rapaz cristão. Também iriam transferi-la para outra escola. – "Enfim, Moische-Volf, não durma no ponto, ouviu?"

Moische-Volf alquebrou-se. Tantos anos mascateando. Cada freguês lhe era próximo. Agora, tinha de começar tudo de novo, em outro lugar. Novas vergonhas, arrastar-se e bater em portas desconhecidas, de onde não se sabia se viria uma bênção ou uma praga. Os tempos já não eram como os de outrora, quando ele era um gringo e a miséria o levava... – Eu sou diferente e o freguês já é outro. – Porém, Moische-Volf obedeceu à sua esposa resoluta, vendeu a clientela e buscou uma casinha numa ruela da parte baixa do Bom Retiro. – Paciência, que seja com sorte. Temos um grande Deus no céu!

Quando Rêizele soube disso, fechou-se em seu quarto e caiu em prantos. Soluçou amargamente a noite inteira. Enquanto isso, Nekhe e Moische-Volf, pesarosos e doloridos, permaneciam atrás da porta, tremiam de medo e só foram dormir quando sua filha parou de chorar.

No dia seguinte, Moische-Volf foi pela última vez à casa de seus clientes. Pelo caminho, entretido em seus pensamentos, lembrou-se outra vez de como ele próprio tinha trazido o rapaz, por suas mãos, levara-o para sua casa, como se a Providência estivesse brincando com ele, colocando-o em tentação. "Ai, a gravura do *taitch khumesch*!"

Nekhe também já se antecipava desde cedo, como se fosse para um dia festivo, como se quisesse eliminar o *khometz*, a comida fermentada, como se fosse na véspera de *Pessakh*, a Páscoa judaica. Ela estava metida com seus utensílios, arrancava os papéis floridos que cobriam o armário da cozinha. Tudo tinha ares de mudança para outra casa.

Rêizele saiu de seu quarto. De cabeça erguida, como se de repente tivesse se tornado adulta, ela se aproximou da mãe. Seus olhos inchados revelavam que não havia dormido a noite inteira. Com voz seca e um pouco rouca, ela avisou à mãe:

– Eu vou com vocês para o Bom Retiro porque estão me obrigando. Não tenho alternativa: não posso ficar ao relento, tenho vergonha de ficar na casa do Dr. Pereira e não tenho coragem de revelar o atraso de vocês. Eles me abrigariam de boa vontade. Eu já estive muitas vezes na casa deles. Mas, escute, mamãe, e diga-o para o papai: eu sou brasileira e Antoninho é brasileiro. Eu o amo e ele me ama e nenhuma religião, nem a deles nem a nossa, será capaz de se interpor entre nós. Não somos crianças que se assustam com um gato preto. Ouviu, mamãe? As palavras caíram sobre a cabeça de Nekhe como pedras. Rêizele, ainda agora uma criança, que até há pouco se aninhava junto à mãe que a mimava, eis que agora soltava palavras tão terríveis e iradas. Nekhe não podia responder-lhe nada porque lhe cortava o coração. Apenas foi tomada pela raiva. Continuou firme em sua resolução.

No outro dia um caminhão transportou todos os haveres para a pequena casa da ruela do Bom Retiro. Rêizele estava então na escola. O pai deveria esperá-la na saída, para levá-la à nova moradia.

* * *

Quando o Dr. Pereira soube da notícia de que o "russo", que tempos atrás estivera em seu consultório e com súplicas lhe pedira que comprasse calças e camisas era o pai de Rosinha, Rêizele, ele não se ofendeu. Ficou um pouco surpreso, pois o seu Antoninho lhe havia ocultado aquilo, mas também o desculpou: um sentimento natural de vergonha ou, talvez, por temê-lo, devido à grande diferença social? O medo era desnecessário, pensava o pai. Ele só ficou preocupado pelo fechamento de portas por parte do ambulante estrangeiro, com relação a seu filho. Contudo, sufocou os sentimentos paternos, no que concernia a seu filho, acreditando na firmeza de seu Antoninho, em seu amor indubitável à bela Rosinha.

O doutor assumiu a notícia como um caso clínico. A bem da verdade, difícil e complicado, como só acontece em casos clínicos difíceis e incomuns... e pôs-se a pensar: – Que meios usar? Como atacar?

Por experiência própria sabia que havia duas maneiras de

cura: o sincero e direto, expondo claramente ao enfermo a causa e o desenvolvimento da doença e seu estágio atual, método utilizado com pacientes mais instruídos, de caráter forte e inteligentes; um segundo método consistia em adequar-se à disposição do doente, até ao seu medo, amenizar o perigo para o enfermo e, só então, fraternalmente, abusar de sua autoridade de médico, realizando os procedimentos de cura.

Entretanto, ele já tivera que lidar com casos especiais de pacientes imbuídos de todo tipo de superstições espíritas. Todas as suas armas científicas costumavam então chocar-se, como se fosse com uma pedra dura, e ele não conseguia exercer nenhuma influência sobre o doente. Precisava extrair os sinais "místicos e secretos" das próprias superstições do doente e por meio deles, às ocultas, introduzir os medicamentos em nome dos espíritos das almas mortas. Tinha outra alternativa o doutor? Na verdade, ele o fazia com desgosto e vergonha.

Com esses pensamentos o Dr. Pereira foi ao encontro de Moische-Volf, na ruela longínqua do Bom Retiro. Já era bem tarde quando entrou no velho pátio, abafado, geralmente como costuma ser um cortiço. Agora o problema se colocava de forma mais grave do que ele de fato havia imaginado: aquelas pessoas teimosas e crentes haviam se arruinado, trocando o ar fresco de montanha da Serra da Cantareira e metendo-se em uns buracos fétidos...

O Dr. Pereira bateu à porta, e sem esperar o "entre", entrou prontamente.

Cumprimentou calorosa e amigavelmente a Moische-Volf e sua assustada esposa. Dirigiu-se a eles de forma cortês e estendeu a mão respeitosamente. Os cônjuges ficaram sem fala.

Moische-Volf permanecia calado, ereto, diante do doutor. Nekhe aproximou-se da portinhola do quarto de Rêizele – ela estava dentro, aparentemente ocupada com os deveres escolares – e colocou-se ali como guardiã e defensora...

O médico observou o entorno. Na parede, ele se defrontou com o olhar de um homem barbudo – uma barba muito longa. O olhar daquele velho era inteligente, penetrante e severo. Ele praticamente dominava o cubículo. Ao lado, havia também o retrato de uma senhora idosa. Seu olhar era simples e sereno. O doutor começou:

– Nós, médicos, realizamos estudos que são a essência e a imagem da humanidade: mostram-nos crânios e esqueletos de homens, desde os mais primitivos até os mais civilizados, isto é, de milhares de anos passados, até os dias de hoje. De todas as partes do mundo. Quando nos mostram tal crânio humano, é impossível saber qual religião tal ser humano abraçou... qual o seu Deus; se ele era rico ou pobre; se era dono de escravos ou ele próprio um escravo; se era juiz da corte ou um prisioneiro, um malfeitor na prisão... nem qual era sua cor e a que povo pertencia; se ele era médico, ou... um ambulante – ele quis dizer, mas se conteve. Dos crânios e esqueletos pode-se reconhecer, no máximo, se o homem estava doente ou era coxo. Estes são os únicos sinais. Na essência, somos todos iguais. As pessoas que os perseguiram na Europa, durante séculos, deixaram sob a terra os mesmos crânios que os seus ascendentes, que foram ocultos pela mesma terra. Em uma palavra: a natureza. A própria criação divina, não erigiu nenhuma divisão entre os homens... e o próprio Deus não quer que os seres humanos se dividam em judeus, cristãos, brancos e negros... Meu Antoninho não é pior que sua filha, Rosinha, a qual eu prezo tanto como se fosse minha – ele afirmou com a garganta repentinamente encatarrada, meio sufocado, tendo encerrado seu longo discurso.

Moische-Volf tremia enquanto o Dr. Pereira proferia seu discurso. As palavras do médico, serenas e cordiais, o comoveram. Moische-Volf tremia, sem saber onde se encontrava e o que responder. Nekhe abraçava a portinhola do quarto de Rêizele como se tivesse asas. Parecia-lhe que o anjo da morte, corporificado naquele homem peludo, tinha vindo buscar a alma de sua filha. Com os olhos arregalados, ela deu um grito:

– Nós somos judeus! Minha filha é uma criança judia! – Moische-Volf entrou em comoção e, balbuciando, em prantos, ouviu-se pela primeira vez o *Schmá Israel*, ouça ó Deus de Israel, e depois, soluçando mais alto, juntou-se a Nekhe:

– Judeus, judeus – nós somos judeus!

O doutor, sem querer, olhou ao redor, como se quisesse abrir sua maleta com os instrumentos médicos... Percebeu que havia deixado em casa e que, de toda maneira, não teriam nenhuma serventia. Aproximou-se calmamente do pai que soluçava e o acariciou:

– Judeus – somos todos judeus – não sabes que os Pereiras são judeus? Vá, pergunte aos seus sábios, aos rabinos...

Moische-Volf estremeceu, levantou os braços:

– É o sinal do Céu! Nekhe, querida, eu sabia desde o primeiro instante. É o sinal do Céu!

Mascates, Artistas, Doutores, Novos-ricos

NEUROSE

Tradução GENHA MIGDAL

FERNANDO deixou a auditório assim que o afamado psiquiatra encerrou sua palestra da série "Distúrbios Psíquicos com Base em Degenerações Físicas". Aquela não era de fato sua especialidade. Ele se inscrevera por curiosidade naquela série de palestras, apesar de sua futura especialização, doenças pulmonares, não ter relação com essas complexidades. Após a palestra, sentia-se abalado devido às dolorosas semelhanças entre as constituições abordadas e alguns de seus parentes próximos, pelo lado materno.

A palestra do renomado professor tinha uma tese fundamental: algumas das maneiras essencialmente involuntárias, mas que chamam a atenção, como trejeitos antiestéticos, não resultavam da falta de boa educação, mas da dispersão geral e da construção básica do cérebro. Essa neurose, embora não perniciosa nem agressiva, determinava suas manifestações incômodas e desagradáveis. O falar alto, o riso sonoro, os pés chatos, a anarquia da gesticulação eram fenômenos resultantes da estrutura do cérebro, e não da educação.

Ainda antes de Fernando ter ouvido essas exposições acadêmicas, ilustradas por análises adequadas da estrutura do cérebro, ele já desconfiava de que determinados fatores genéticos, relacionados a costumes tradicionais e *status* cultural, tinham-se arraizado tanto em seus tios e tias que nenhum corretivo educacional poderia erradicá-los. Só então tomara conhecimento de que aquilo era resultado de sua constituição orgânica. Simples trejeitos cretinos e rasas circunvoluções do cérebro.

Parte dos estudantes não aceitava, essas considerações "científicas", mas Fernando, sim, concordava. O professor, embora autoridade afamada no país, era adepto da teoria racial nazista e Fernando, afastado da orientação política, jamais poderia suspeitar de que, no sagrado auditório universitário, teorias sinistras fossem divulgadas. E ele, aceitava como verdadeiros os esclarecimentos do psiquiatra.

Fernando era talentoso, tinha um raciocínio brilhante, era versado em suas disciplinas com clareza segura e dominava também todos os meandros da anatomia e da técnica cirúrgica. Seus cinco anos de curso permitiam prognosticar-lhe uma carreira profissional estável.

Inclusive sua namorada e futura esposa fora uma escolha adequada à sua profissão, o que significa uma paixão bem-sucedida: Marta cursava o último ano de enfermagem.

Até então tudo estava claro e compreensível para ele, na sua marcha triunfal até a meta final. E agora, ao ouvir o psiquiatra, ficara pela primeira vez perturbado e estremecido. Discretamente fora aos sanitários e observara a própria fisionomia no espelho.

Era de estatura alta, um pouco encurvado. Nariz comprido e levemente torcido, seus colegas tinham decidido que seu nariz aguardava uma cirurgia plástica... Olhos escuros e grandes, fartos cabelos castanhos, encaracolados. Do lado materno herdara um sinal característico: orelhas de abano. Todo o rosto amplo e um tanto grosseiro expressava inteligência e desenvoltura. Sua garota, Marta, um pouco mais baixa que ele, tinha um rosto ingênuo e discreto, com covinhas nas bochechas e olhos brandos, caridosos.

* * *

Os pais de Marta eram *iekes*, judeus alemães, respeitáveis e com recursos. Deles, Marta tinha adquirido seu comportamento delicado e despretensioso, tão característico dos judeus alemães.

Modesta, livre de planos ambiciosos, contentara-se com um curso semi-acadêmico de auxiliar sanitarista, adequado ao seu temperamento – sem grandes pretensões nem responsabilidades. Em seu relacionamento com Fernando, ela introduziu um tom suave, abrandou seus julgamentos condenatórios, categóricos, por vezes zangados, sobre pessoas e fatos.

Fernando provinha de outro ambiente social. Seus pais, judeus poloneses de Varsóvia, faziam parte de uma família unida, gente do povo, feirantes na Polônia, compradores de "retalhos", judeus "sacoleiros" – e criavam uma atmosfera familiar aos seus encontros na casa de tia Schprintze. A linguagem colorida e folclórica, os impropérios, as alfinetadas, misturados à gíria grosseira de Varsóvia, ressuscitaram a antiga cor familiar das ruas transversais de Praga[1], de onde toda a família embarcara para o Brasil, havia cerca de duas décadas.

Os pais de Fernando trabalhavam com *alte schumates*, roupa usada. Nas primeiras horas da manhã, deixavam seu cortiço, numa pobre ruela do Bom Retiro, em direção aos bairros ricos: iam de vila em vila, batendo em cada porta à procura de roupa velha para comprar. Ao entardecer, o pai de Fernando, o "alto Leibesch", fazia uma verificação das coisas adquiridas, avaliava

1. *Praga*: trata-se de um bairro de Varsovia (Polônia), de outro lado do rio Vístula.

o seu preço e como vendê-las em lojas especializadas em roupas velhas que se localizavam nos arredores das estações de trem.

Fernando costumava espantar-se quando encontrava seus pais calados, espalhando as calças masculinas a procurar nas dobras e revistar os bolsos.

Várias vezes, enquanto Fernando participava de alguma autópsia, no necrotério da universidade, parecia-lhe estar examinando calças velhas e coletes. Essa associação costumava persegui-lo e maltratá-lo horrivelmente, a ponto de acarretar-lhe um asco orgânico que se transformava em ódio contra os seus.

Muitas vezes Fernando tentou demovê-los daquela ocupação! Seus pais não se deixavam convencer pelas considerações do filho e, durante os encontros de família, na casa da tia Schprintze, os cunhados e irmãos acalmavam-nos:

– Não atendam o tolo do seu filho... E do que então vocês vão viver? – Se não fosse esse sustento ele poderia ter estudado? Tornar-se um médico? Vocês fazem tudo por ele!

Tia Schprintze[2], a irmã mais velha da mãe, era a figura central da família. Ela morava nos fundos de um cortiço quadrangular no Bom Retiro e, durante as reuniões de família, todos os membros se acomodavam no pátio e, à sua moda impetuosa, remoíam assuntos familiares e seus negócios. Os vizinhos inteiravam-se de tudo e, com o passar do tempo, foram-se integrando, até se tornarem conselheiros da família.

Tia Schprintze estava no centro de tudo. Era alta, bem apessoada, um pouco curvada, coberta de sardas que mais pareciam pedaços de palha colados. Ativa e tagarela, ela continha e equilibrava a família agitada e briguenta. Cozinhava bem e gostoso e, embora seu avental não fosse um primor de limpeza, seus

2. *Schprintze*: nome feminino ídiche derivado do nome Esperança.

convidados se deliciavam com seus quitutes e admiravam seu linguajar em ídiche. Todos temiam sua língua ferina: – "Deus nos livre cair em sua boca!..."

* * *

Deste ambiente Fernando sempre saía com raiva, com ímpeto e com uma promessa no coração: jamais ser como eles. Quanto mais a mãe o puxava à casa da tia Schprintze mais ele a repelia. Descobria sempre novos defeitos físico-estéticos nela. Ora as pintas no pescoço – que aliás era alto e charmoso, – ora os calcanhares salientes, os horrorosos pés chatos, que entortavam os saltos dos sapatos, o catarro crônico; ele sempre a encarava anatomicamente, como se a estivesse submetendo a uma autópsia.

Era-lhe de todo desagradável participar dos encontros familiares em que ninguém respeitava ninguém, cada um se metia violentamente na conversa do outro, em que a grande esperteza era apanhar o outro pela palavra e dizer-lhe "poucas e boas".

Para ele, o acadêmico, todo o mundo dos pais, tios e tias causava um grande constrangimento. Parecia-lhe que o ambiente era o saldo de uma geração desintegrada que, lamentavelmente, se opunha às fortes correntes de cultura e conhecimento do novo mundo do qual ele, Fernando, participava.

Até um tempo atrás, no entanto, Fernando costumava levar sua namorada, Marta, a esses encontros familiares, para agradar aos pais. A moça, educada à moda alemã, ficava fascinada com as visitas, cuja singularidade Fernando não percebia!

Era exatamente a simplicidade daquelas pessoas, as conversas caóticas e suas risadas sonoras que encantaram Marta. Por uma fresta recém-aberta ela divisava um mundo cativante.

Num entardecer ele a trouxe ao pátio num momento dramático, quando seus familiares examinavam um carregamento de velharias encaixotadas. No meio do pátio, erguia-se um monte de trapos.

O pai de Fernando, com um sorriso maroto, estendeu diante do filho uma calça masculina puída. Alegre, disse a seus sócios:
– Uma grande pechincha; enxerga-se através dela o bairro todo.

Marta não conseguia parar de rir diante daquela cena grotesca.

Comparado à serenidade triste de sua casa, de estrutura tensa e meticulosa, o lar daquelas pessoas sempre alegres, tagarelando em voz alta, trazia-lhe frescor e vivacidade.

Marta costumava visitar os pais de Fernando sem o seu conhecimento e mesmo sem convite, exatamente quando eles espalhavam as roupas adquiridas e sacudiam a areia das pregas e dos bolsos. A moça, de origem alemã, admirava com entusiasmo o esforço daquelas pessoas humildes que obtinham seu sustento com trabalho e cansaço, não como seus pais, que viviam de rendas, com tranqüilidade e tédio. Marta orgulhava-se da origem humilde e trabalhadora de seu eleito, e se relacionava com os futuros sogros com grande respeito e admiração.

* * *

Exatamente alguns dias antes de seu noivado, houve um conflito marcante entre os noivos. A última aula – todas as aulas eram sagradas para Fernando – tinha-lhe aberto os olhos em relação à sua família. Tomara uma decisão categórica: apenas os pais seriam convidados ao noivado.

A afável Marta não conseguia ver a razão pela qual seu noivo preteria toda a família. Marta chegou a chorar sem conseguir demover Fernando.

– Tia Schprintze é um tipo clássico de neurose, um verdadeiro modelo para uma aula de psiquiatria. Não devemos nos exibir com ela. Ela é um produto do cortiço – Fernando atirou suas definições científicas indiscutível e categoricamente.

Os pais de Marta solicitaram um noivado formal. Viram com satisfação a lista que Fernando elaborara de uma série de colegas médicos e também de alguns professores. Estranharam o fato de Fernando considerar impossível convidar sua numerosa família.

Marta não conseguiu tolerar:

– A gente não deve se envergonhar da família, ao contrário. Que seus colegas conheçam de onde você provém e eles valorizarão mais ainda sua força de vontade e inteligência – tentou convencê-lo, controlando sua agitação interna. – Não fosse o empenho e determinação deles, você não teria alcançado sua posição atual... – posicionou-se Marta, com audácia.

– Só pessoas cultas são capazes de ocultar seus defeitos inevitáveis e não exibir-se com eles – declarou Fernando com autoridade máxima, tranqüilo por ter conseguido definir cientificamente sua cólera e desagrado.

Fernando, na verdade, envergonhava-se mais diante dos sogros do que diante de seus amigos do mundo acadêmico. Quantas vezes, em pensamento, ele tinha comparado sua pobre casa, abarrotada de calças velhas, com a atmosfera sóbria da casa de Marta. Os pais de Marta conservavam o estilo refinado, de lá, da Alemanha, o estilo de antigamente. A exposição simétrica dos pequenos enfeites, os quadros de paisagens, a baixela de prata, as toalhas impecáveis, os diálogos animados e respeitosos.

Os pais de Marta eram acatados interlocutores e anfitriões. Eram praticantes dos tradicionais preceitos judaicos: caridade no anonimato, visita a doentes, ajuda a noivas pobres. Cumpriam essas obrigações não só com boa vontade humilde e sincera, mas também com carinho.

Não comungavam da desconsideração muito disseminada em relação aos judeus do Leste, da Europa Oriental. Ao contrário, tinham ouvido boas opiniões sobre os correligionários judeus do Leste por parte de conhecidas autoridades judaico-alemãs. A única vantagem da qual podiam vangloriar-se era a cultura ocidental que haviam adquirido dos alemães. Porém, agora, após o nazismo, não existia mais motivo de orgulho nem de superioridade em relação aos "judeus poloneses".

Por isso eles respeitavam seu genro lutador, o senhor doutor Fernando, e com muito orgulho apresentavam-no aos amigos.

O noivado ocorreu no grande salão dos pais de Marta e fora bem preparado, discreto, porém, de gosto refinado. Os pais de Marta manifestaram sua mais profunda estranheza pelo fato de o senhor doutor Fernando não ter convidado toda a sua família, nem mesmo a "admirável tia Schprintze"... Os olhos de Marta estavam mais úmidos que usualmente.

Após o curto ritual religioso, os jovens doutorzinhos, com os copos erguidos, trocavam exagerados brindes, acompanhados de frases retóricas, pomposas, lembrando a trilha dos filhos de imigrantes que aportavam a caminhos livres e ensolarados deste imenso Brasil.

Para o noivo era um pouco desagradável ouvir as declarações dos colegas quanto à sua origem... Seu nariz – sobre o qual os colegas costumavam fazer troça, estaria aguardando uma operação plástica – brilhava, e as orelhas, que pareciam aletas, ficavam em abano...

No dia seguinte, bem cedo, sem o conhecimento do noivo, Marta apressou-se em ir à casa da tia Schprintze. Surpresa, lá encontrou os restos de um banquete:

– Tome, Marta querida, experimente o bolo que fizemos para o seu noivado. Parabéns, terna e fiel Marta – e tia Schprintze cobriu de beijos as lágrimas da noiva...

* * *

O casamento foi realizado logo após a formatura. Desta vez Marta exigiu categoricamente de Fernando que convidasse tanto para a formatura quanto para o casamento toda a sua família, sem exceção.

O Dr. Fernando não aceitou de imediato, porém não pôde deixar de atendê-la.

Como se comportaria sua família de compradores de velharias, de ambulantes, que berram e caçoam, com seus empurrões e ditos vulgares, diante da requintada família de Marta?

Na sinagoga, muito iluminada e decorada com flores, a família se agrupou bem na frente, ao redor do altar. A grande aglomeração parecia ter sido introduzida à força do mercado, com seus sapatos amarelos e marrons... Tia Schprintze, com seu alto e comprido pescoço, enrolado por uma echarpe que lhe cobria as pintas, ocasionalmente retirava o excesso de pó de arroz do rosto sardento e estava ansiosa.

A família tentava criar coragem para subir ao altar e poder circundar o noivo, como era costume em Praga, o bairro judaico de Varsóvia. Mas todos permaneciam aturdidos e temerosos.

De repente apareceu o noivo ladeado pelos pais. Do alto de seu porte, um pouco encurvado, olhar zangado e nariz adunco, refulgia ele em sua roupa preta. As orelhas de abano, como aletas, sustentavam-lhe o chapéu, como se essa fosse a função especial delas.

O noivo percorreu o caminho entre a porta e o estrado, observando entre as fileiras toda a sua família, que se preparava para segui-lo. Fez um sinal para a tia Schprintze e disse entre dentes para os pais:

– Que espetáculo plebeu temos aqui?

Os pais nem entenderam o significado da palavra, porém

captaram a intenção do doutor. Tia Schprintze sentiu também a sisudez de Fernando e afastou-se da frente para as fileiras de trás, aguardando o início da cerimônia.

Somente mais tarde, depois que o chantre terminou as bênçãos e o noivo quebrou o copo (lembrança tradicional da destruição do Segundo Templo de Jerusalém), tia Schprintze juntou-se à multidão para cumprimentar os noivos. Marta, com um olhar terno e confuso em seus olhos úmidos, cobriu de beijos calorosos o rosto e o pescoço desnudado – a echarpe havia caído – de uma tia Schprintze dócil e indefesa...

* * *

Um ano mais tarde, Marta deu à luz uma menina. Ainda como parturiente ela identificou sinais de semelhança entre seu bebê e a tia Schprintze: um rostinho largo com lábios de ponta a ponta; no pequeno pescoço, manchinhas amarelo-escuras, "pintinhas". E também os calcanhares da criança eram salientes.

Com um sorriso muito expressivo, a parturiente mostrou a seu marido, o Dr. Fernando, esses surpreendentes detalhes...

O ATOR E O PROFESSOR CATEDRÁTICO

Tradução HADASSA CYTRYNOWICZ

O VELHO e popular ator ídiche, Mikhael Lipskes, cujos amigos chamavam-no de Mische[1], viveu bem até o fim de seus dias, na casa do filho, Fábio Lipskes, o importante professor da Faculdade de Medicina. Bons amigos consideravam que o ator teve uma "boa velhice". Tomara que os outros atores a tenham assim.

Contaram que ele tinha um quarto só para ele, que lhe fizeram uma assinatura de três jornais de língua ídiche no Brasil; que possuía um televisor próprio, e uma rica discoteca, um tesouro de discos ídiche; de roupa e comida nem se fala. Será que isso era um problema para um catedrático rico e aristocrata!

Assim comentavam entre si os demais colegas, embora nunca mais tivessem sido convidados para sua casa. Desde que Sara Lipskes, sua esposa, a famosa atriz, falecera há 10 anos, nunca mais convidara os amigos, como costumava fazer, quando moravam num apartamento só deles, no bairro judaico do Rio de Janeiro.

Não foi mais visto entre os conhecidos desde que foi apresentado um espetáculo beneficente em homenagem aos seus

---

1. *Mischa*: diminutivo do nome Mikhael Lipskes (outro diminutivo –*Mischka*, do russo).

oitenta anos, que coincidiu com os setenta anos de atividade teatral. Os íntimos sabiam e também estava escrito na *Enciclopédia do Teatro* de Zalman Zilbertzweig que Mikhael Lipskes, Mische, pisou no palco aos dez anos de idade, quando havia fugido de casa.

Ele iniciara sua carreira como ponto e copiador das peças.

Já naquela época tinha a escrita floreada. Com o passar do tempo, tornou-se diretor e empresário de teatro.

"Penou muito" no caminho cheio de espinhos, vagando com o teatro ídiche. "Nunca dormiu onde havia acordado"... Freqüentemente fugia das estalagens em todas as cidades judaicas da então Rússia, pois era um devedor. Os credores costumavam enviar a polícia ao seu encalço e até os próprios colegas-atores, famintos e maltrapilhos, costumavam descontar nele sua raiva, muitas vezes batendo nele...

Ao envelhecer, os colegas contavam lendas trágicas e cômicas sobre Mische, mas sempre com o maior respeito e amor.

– Mische Lipskes, o veterano, a alma do Teatro ídiche.

Nunca fez um papel em uma peça, somente em circunstâncias excepcionais. Mas seu nome e seu retrato reluziam em cada cartaz, ao lado do nome de sua esposa, a famosa Sara Lipskes.

Quando Sara Lipskes faleceu, o único filho e excepcionalmente capaz, Faivischl, já havia se formado na Faculdade de Medicina. Contam até que teria recebido uma medalha de ouro por ser o estudante mais talentoso da Universidade.

Nos primeiros anos, os pais se orgulhavam muito dele e se vangloriavam prazerosamente em cada situação, adequada ou não:

– Nosso Faivischl, nosso médico, ainda vai colocar no bolso todos os professores.

Bem, os íntimos não se importavam; ao contrário, parecia que não só os Lipskes tinham um doutor, mas também toda a família de atores. Já era tempo de "um de nós ter um pouco de satisfação".

A família teatral era constituída de restos de vários grupos anteriormente existentes, alegres sobreviventes tragicômicos, que fincaram pé, como náufragos de um navio, no Rio de Janeiro. A eles se juntaram amadores locais para os quais o teatro ídiche era vital. Morriam de vontade de representar qualquer papel, fosse ele o maior ou menor, nem que só de vez em quando.

Enquanto isso, puxavam uma prosa nos seus encontros, nos ensaios, nas vésperas das apresentações solo ou em grupo, que eram organizados pelas associações judaicas de tempos em tempos.

Enquanto a carreira do velho Mische Lipskes se apagava, a carreira médica e social do filho Faivischl entrava em franca ascensão. Seu nome, Dr. Fábio, ficou famoso; "pegou", "deu certo", "atraía", como se diz em gíria teatral e ficou muito popular no meio judaico. Contavam-se milagres de suas ousadas cirurgias e "mãozinhas de ouro" e de seus caminhos inovadores. Não levou muito tempo até ele ser convidado para ministrar aulas na Faculdade de Medicina da Universidade Federal do Rio de Janeiro. É claro que isso foi uma honra e orgulho para a colônia judaica e mais ainda para os velhos, cansados, veteranos do teatro, os Lipskes. Entretanto, o seu contato com a colônia judaica ficava cada vez mais tênue, até romper-se por completo. Mudou o seu consultório do bairro judaico para algum lugar, um bairro aristocrático, de difícil acesso. Nunca mais foi visto entre os judeus, enquanto fazia o caminho para o consultório e regressava para casa. Seu nome, Professor Doutor Fábio Lipskes, tinha uma grande repercussão, o eco de um recém-silenciado burburinho, o Dr. Faivischl, filho do Mische, homem de teatro.

Quando Mische faleceu, deixou um caixote grande de madeira, um baú. Um baú fechado por pregos de cobre envolto por argolas de cobre. As paredes do baú eram laqueadas de preto. Ficava num canto entre o armário da biblioteca e a passagem para a toalete.

Ninguém da casa sabia ler ídiche, nem o muito ocupado professor, nem sua esposa, "madame do professor", a orgulhosa grã-fina, filha do famoso joalheiro importador, Dreifuss. O que eles desconfiavam era que no baú, reluzente e laqueado de preto e ornamentado de pregos, encontravam-se provavelmente livros e cadernos justamente nessa língua.

"Coisas dele", avaliaram com menosprezo enquanto arrumavam o quarto. Aí ficaram admirados como era pesado aquele baú. Alguns dias após o enterro, a família preparava-se para desocupar esse quarto. A empregada negra suspirava:

– O velho coitado... boa alma, quietinho...

A madame e a empregada pensavam no que fazer com todas essas coisinhas.

A empregada pediu que se presenteasse as roupas ao seu irmão, o pobrezinho, coitado, mas o que fazer com os livros e discos, os em ídiche e, o mais importante, o que fazer com o baú? As duas mulheres não conseguiam resolver. Eis que houve uma surpresa: do lado direito do baú estava enfiado entre as argolas de ferro um envelope fechado, no qual estava escrito algo em ídiche, que ninguém conhecia. A empregada negra trabalhara por muitos anos em casas judias e entendia sim um pouco de ídiche e até sabia falar um pouco, mais do que o professor, que havia esquecido por completo esse idioma de seus famosos pais. Madame sentiu nojo de tudo e segurou o envelope com a ponta dos dedos. Sem outra saída, chamaram por telefone alguém da Sociedade Beneficente de Última Caridade, *Khessed schel Emess*, e este leu e explicou:

– Abrir após a minha morte.

O pequeno judeu da "Última Caridade", bufando e se agitando, logo leu o que estava escrito na carta. Com letra muito bonita, como se as letras fossem passarinhos e florzinhas coroadas com galhinhos e folhas verdes, estava escrito: "Meu testamento".

Com muita dificuldade, o pequeno judeu traduziu para o português o conteúdo, procurando o significado de cada palavra. As duas mulheres chatearam-se bastante e perdiam a paciência. Pois tratava-se de uma longa história:

"Neste baú está guardada toda a minha vida. É minha biografia, que se inicia no dia em que eu, rapazinho de dez anos, fugi do Alt Konstantin, Velha Konstantin, na Volínia e junteime, exausto, faminto e perseguido pelos credores a um grupo teatral. Desde aquela época, colecionei cada pedaço de propaganda, cartaz, programa e até ingressos – se eram edições especiais: esforcei-me para completar a coleção com materiais de outros grupos, especialmente dos grandes atores de teatro ídiche, e particularmente dos Adlers, Mikhalesko e os Turkov; nem deixei passar as críticas da imprensa ídiche na Europa e América. Deixo esse tesouro de peças, impressas ou manuscritas, adaptadas, censuradas e proibidas. Também fotografias de vários grupos com os quais trabalhei, participando como ponto ou diretor de cena contratado, ou nos que eu mesmo fundei e dos quais fui diretor. Fotografias dos grandes talentos do palco ídiche, prima-donas, aficionados e atores de época, dos quais podemos nos orgulhar; fotos de todas as cidades, dos *schtetlekh* das nossas andanças pela Volínia, Ucrânia, Bessarábia, Romênia, bem como Polônia e Lituânia. Todos esses materiais estão embebidos não somente com meu sangue, trabalho árduo, fome e miséria, mas também contam o sonho de uma vida, o ideal maravilhoso, o teatro ídiche. Isso é um tesouro que deve ser resguardado, porque fala de uma época fantástica na vida judaica".

"*Como estou convencido de que o meu único e querido filho Faivischl, o famoso estudioso professor-doutor Fábio, não tem nem tempo nem a oportunidade de conservar esse tesouro, nem sua mulher, a minha nora, madame Lipskes, pois não entende o ídiche, embora seja uma dedicada filha judia da famosa família francesa Dreifuss, e não posso incomodá-la com esse esforço, que na verdade lhe é alheio, então peço à minha família que transfira esse tesouro, para mim sagrado, ao Yivo. Peço entrar em contato com os representantes do Yivo no Rio de Janeiro para que recebam esse tesouro.*

Mikhael-Mische Lipskes
Rio de Janeiro – Brasil"

O judeu do *Khessed schel Emess*, a Última Caridade, respirou. Na verdade, era uma tarefa difícil para ele encontrar tradução para vocábulos que ele próprio não entendera. O vocábulo *oitzer*, tesouro, muitas vezes lembrado no texto, provocou observações irônicas por parte da nora, que descendia de joalheiros e comerciantes de diamantes, já que essa palavra "tesouro" sempre foi lembrada no seio de sua família, pelos pais, só em relação às jóias. Por sua vez, a empregada negra pensou que ali estavam artigos sagrados de uma sociedade espiritual. Ela permanecia, na frente do baú, temerosa.

Finalmente, a "madame do professor" liberou o ar do quarto. Girando a cabeça no pescoço alto, ela sorriu:

– Entregar tudo a uma sociedade judaica, com todo o prazer: Quem sabe a sua Sociedade quer ficar com isso? – ela perguntou ao judeu da *Khévre Kadische*, Sociedade do Cemitério.

O judeu, desapontado com o extraordinário e pobre tesouro, quem diria, não sabia explicar o que e quem era o Yivo. Deram-lhe uma gorjeta e ele prometeu descobrir isso na cidade. Porém nunca mais apareceu nem telefonou.

À noite, após o jantar, dr. Fábio lembrou-se de seu colega (com quem tinha uma relação de ódio-inveja), o neurologista Dr. Menaker, que estava ligado à "colônia", e que sempre se gabava do seu sogro, um escritor em ídiche e português. Verdade seja dita, o seu jeito de gabar-se era irônico, e foi uma mensagem indireta para mim, pensou dr. Fábio... com ele, dr. Menaker, saberei o que é Yivo, permitindo a conservação do tesouro do pai naquela instituição.

– O velho merece.

Enfim, o dr. Fábio não errou. O sogro do dr. Menaker, o honrado e idoso escritor Scholem Brukhman, que tornou-se conhecido e famoso com sua obra contra o anti-semitismo em ídiche e na língua vernácula do país, pois era ele em pessoa o presidente do Yivo, que quer dizer em ídiche "Instituto Científico Judaico".

Não demorou muito e algumas pessoas vieram com um caminhão e levaram o tal baú.

O escritor Scholem Brukhman convocou uma reunião extraordinária. Pediu pelo telefone a todos os sócios que não faltassem.

"É um dever e também uma boa ação", dizia ele suplicando, com sua voz aveludada e gentil, aos ativistas do Yivo. Pois todos vieram.

Abriram o baú. Brukhman retirou com cuidado todo o conteúdo, cheio de piedade. Os presentes ficaram encantados com o grande achado: a época dourada do teatro ídiche reviveu; na verdade, reviveu toda a vida judaica que havia desaparecido.

Junto aos cartazes, recortes de jornais, caricaturas, fotografias, estavam fitas de seda desbotadas, com inscrições apagadas.

Eram os restos dos buquês com que o casal artista Lipskes fora presenteado com amor e consideração pelo público, ingênuo e admirador. Isto despertou uma onda de sentimentos nos homens do Yivo, todos já idosos, secos e preocupados ativistas.

Também o mexer nas fotos dos "leões" legendários do teatro ídiche, como Goldfaden, Kompanaietz, Julius Adler, Esther Rokhel Kaminski e outros, causou alvoroço: e então fotos das cidades: Kescheniev, Iassi, Odessa, Kamenetz. Cartazes em russo e em moldavo de setenta anos atrás, sessenta anos atrás, cinqüenta anos e dez anos atrás.

De repente, nesta reunião, no meio da semana, no local modesto, de paredes descascadas, veio à tona um idealismo festivo e delicadamente humano; lembraram-se da dedicação de uma vida toda do falecido ator, o veterano, Mische Lipskes. Não só foi restaurada a beleza de sua vida pessoal como também das gerações passadas.

Após um debate emotivo, decidiram realizar uma exposição pública desse tesouro. A abertura seria transmitida no horário judaico na televisão, no domingo. Foi decidido que o presidente, o escritor Scholem Brukhman, faria as explicações em português para cada item exibido (de acordo com a conhecida legislação proibindo as línguas estrangeiras), fotografia ou cartaz.

Entretanto, esqueceram-se de um pormenor: pedir para tal uma permissão dos herdeiros, o famoso professor catedrático Fábio Lipskes...

Deu muito trabalho para expor. Ocuparam-se com isso não só os ativistas da Yivo, mas também particulares da classe teatral, que ficava cada vez mais reduzida. Tentou-se respeitar também a cronologia bem como a geografia, até onde se podia sincronizá-las. Apareceu um mundo no seu esplendor, embora fosse passado e tenha sido destruído.

O canal 9 da TV, no Rio de Janeiro, só dispunha de três quartos de hora de transmissão para a colônia israelita, por um bom preço, é claro. A exposição de Lipskes e os comentários da parte do presidente do Yivo ocuparam o tempo limitado. Muitos itens expostos ainda permaneciam sem explicação. Então, o presidente anunciou que o programa teria continuidade, seria repetido num outro domingo.

Na segunda-feira pela manhã, o telefone do escritor Brukhman não silenciou por um minuto sequer. Chegavam agradecimentos com admiração, expressões de apoio sem fim, de conhecidos e desconhecidos. Mas, entre os telefonemas, apresentaram-se duas vozes zangadas, cheias de ira. Uma voz masculina e outra feminina.

O casal Lipskes costumava descansar aos domingos em seu jardim folheando jornais, revistas e publicações científicas do mundo inteiro. Os dois filhos – meninos – costumavam mexer nos botões da TV.

– Papai! Mamãe! Rápido, venham para cá! A televisão! Estão transmitindo algo sobre o vovô.

A madame levantou-se, já irada e temerosa. Enquanto o professor Fábio se aproximava do aparelho, viram logo o idoso escritor Scholem Brukhman. Ele contava em português quem era o falecido ator, Mische Lipskes. Frisava com importância a sua linhagem e, com voz mais alta, contava ele que o ator era o pai do famoso cientista Fábio Lipskes.

– Pois é!... isso foi orquestrado, sem dúvida, pelo meu inimigo, meu colega invejoso dr. Menaker... Ele quer minar o meu prestígio.

Como um raio, uma suspeita percorreu sua mente. Esta suspeita acendeu-se no grande cérebro do intelectual, o homem racional.

Logo depois passou na TV a conhecida foto de Zigmund Turkov, interpretando a famosa obra de Scholem Aleikhem *Estrelas Errantes*. Na foto, arrasta-se a carroça pesada, de grandes rodas, do teatro ídiche. Nessa foto, é o falecido Mische Lipskes quem a arrasta. É um símbolo da miséria, desprezo, perseguição. A "madame do professor", "pondo lenha no fogo" do mal-estar do marido gritou:

– Que horror!

Logo em seguida, o quadro mudou. Novamente apareceu o velho Mische, já não arrastando a carroça do teatro, mas maquiado de modo caricato, como um *Khussid*, com um *schtraiml*, chapéu de pele, *péies*, cachos de cabelo dos lados do rosto, e uma longa *kapete*, longo capote preto. Ela gritou:

– Que vergonha! Agora todos os colegas saberão da sua linhagem! De quem você descende! A sua árvore genealógica.

O professor Fábio Lipskes, de lábios cerrados, se calou. No dia seguinte, zangado e severo – e a sua madame contribuiu para isso – ele telefonou para o escritor Brukhman:

– Eu não permito mais expor os documentos do meu pai! Eu responsabilizo o senhor, pessoalmente, se transgredir a minha proibição! O Senhor me ouviu?!

CHAMPANHE AUTÊNTICO FRANCÊS

Tradução CILKA THALENBERG

MANUEL voltou para casa com sua mulher Rebeca, do grandioso casamento no clube francês. Aquele tinha sido o primeiro casamento judaico no novo, elegante e aristocrático salão.

Os *mekhetunim,* os consogros, eram judeus do Bom Retiro e clientes do banqueiro Manuel: o fabricante de calças Faivisch Glatzkop, que dera sua filha em casamento ao filho do fabricante de casacos Mosche Pildermascher. Marido e mulher tiram seus agasalhos e se acomodam, um em frente ao outro, nas poltronas macias. A "madame banqueiro" acende o discreto abajur que está no meio do salão, criando assim um clima agradável, enquanto os tapetes antigos e fofos envolvem, como os feixes de luz do abajur, a atmosfera entre o casal banqueiro.

No momento eles comentam a festa do casamento, de onde acabaram de voltar e à qual foram, principalmente, para observar o salão e planejar a organização do casamento de sua Teófila, que está próximo e deve se realizar em três meses, exatamente naquele clube francês. Estão indignados, com o atrevimento daqueles confeccionistas do Bom Retiro, que dependem dele, banqueiro Manuel, por terem se antecipado e, antes dele, seu financiador, conseguiram o salão francês: aquilo era um desaforo!

Novos-ricos se metem onde não devem, horrível!...

Apesar de tudo, o casamento tinha sido ultramoderno (o casal de banqueiros se espanta, imaginando como e onde aqueles "alfaiatezinhos" tinham aprendido tanto). Em primeiro lugar o salão, o clube francês, que está escondido numa alameda de uma região aristocrática de São Paulo, que tem uma cozinha e um bufê próprios, exclusivamente com comidas francesas: lagostas e outros frutos do mar servidos em originais conchas marinhas. Mantém, ainda, uma orquestra francesa com músicos de Paris, que embalava a juventude que se espremia entre as filas de mesas, numa ondulante e silenciosa dança. Ao mesmo tempo, a discreta e autêntica música francesa, envolvia e acalentava os quase adormecidos casais, dando-lhes um ar de seres lunáticos iluminados pelos castiçais, que lançavam luzes e sombras sobre os pares que silenciosamente arrastavam os pés, como se estivessem dançando.

Era tudo à francesa, *Made in France*. Mas o casal banqueiro, exclusivamente aristocrático, logo reconheceu o lance dos *parvenues*, os novos-ricos.

Aqueles alfaiates do Bom Retiro, fabricantes de roupas de carregação, que tinham tido uma boa temporada por causa do frio daquele ano, em vez de reforçarem seus créditos, tinham-se lançado à nova moda de um casamento à francesa.

– Esse povo, criado com *guefilte fisch*[1], peixe recheado... sentenciou Rebeca, a *gourmet*, e bateu com suas luvas prateadas. – Não deveríamos ter ido a esse casamento plebeu; poderíamos, só como obrigação, mandar o presente. Agora, seremos obrigados a convidar todos eles para o casamento da Teófila.

---

1. *Guefilte fisch*: um prato típico judaico Asquenazita. Há ironia e desprezo nesta observação.

Manuel olhou fixamente para sua esposa. Banqueiramente fechou os olhos, como quando decidia sobre uma operação de crédito: emprestar ou não para um bom-retirense? Um sorriso espalhou-se a partir de suas grossas, peludas e escovadas sobrancelhas até o esbelto, aristocrático e delicado rosto. Os finos lábios cerrados, como seus olhos, como seu nariz torneado e polido como marfim, tornou-o parecido com um relógio de coluna ornamentado. Tudo em Manuel brilhava: as lapelas enormes, com pespontos prateados, o brilhante na gravata, as abotoaduras e até o bigodinho prateado sobre seus finos lábios e sob suas narinas cerosas e torneadas.

Afinal o cansado Manuel abriu os olhos e, como após uma operação bancária, respondeu à mulher:

– Não, não é isso, o champanhe do senhor Faivisch não era o legítimo champanhe francês e é justamente nisso que se reconhece o pé-rapado de ontem. Para o casamento da Teófila vou eu próprio à França para trazer o autêntico champanhe. É nesses detalhes que se reconhece o aristocrata – Manuel ficou feliz, medindo suas palavras, pela oportunidade de utilizar sua frase predileta.

Madame Rebeca, satisfeita com o rumo inesperado que a conversa tomara, concordou prontamente. É que ela já tinha preenchido uma lista de peças de vestuário que teriam de ser trazidas do exterior, pois não eram encontradas nem nas lojas de roupas exclusivas da quais ela é cliente habitual.

– Sim! O mais certo é irmos nós mesmos. Falsos brilhantes se reconhecem logo, falso champanhe, não. Nós iremos especialmente a Paris. É o casamento da nossa Teófila. Os nossos *mekhetonim*, os consogros, esses não são confeccionistas do Bom Retiro; os Frisels são outra gente...

Feliz com a anuência da mulher, Manuel retornou à sua imobilidade, de olhos fechados, petrificado como uma múmia reluzente. Cerrou seus finos lábios, afilou o nariz de marfim torneado e brilhante e, antes do tempo, se embalou na próxima viagem... Já se via entrando na maravilhosa casa de vinhos e conhaques em Paris, negociando dezenas de caixas de champanhe e de conhaque... Via as cores violeta dos lacres de chumbo, os rótulos... as finas etiquetas, tudo envolto em papel de seda. Chegou a sentir o aroma maravilhoso do conhaque que emana das bocas prateadas das garrafas arrolhadas.

No dia seguinte o banqueiro reservou as passagens pelo telefone, para si e para a madame, naturalmente na primeira classe. A data do casamento da sua Teófila estava se aproximando. O vôo para Paris saía nas terças à tarde e, como sempre, em vésperas de partida, o casal fez-se examinar pelo médico. Não nos horários habituais das consultas, naturalmente, mas fora do expediente, quando não há mais clientes no consultório. Primeiro entrou Manuel. A madame ficou aguardando, folheando entediada umas revistas. Folheou-as longamente. "Por que demora tanto a consulta?" De súbito, entra correndo o médico, muito nervoso, e avança para a assustada madame Rebeca:

– O quê? Champanhe? Champanhe francês? O senhor Manuel já está há dias enfartado! É um milagre ele ainda estar de pé! Já requisitei uma ambulância pelo telefone! Sua pressão é zero!! Zero!! Internar já!! Até segunda ordem ele deve se manter imobilizado por algumas semanas! Nada de visitas!

Gesticulando, indignado, o médico ainda não se conformava:

– Pois é! Champanhe? Um balão de oxigênio é o que ele precisa! Oxigênio. Ele corre perigo de morte!...

A MULATA

Tradução GENNY SERBER

JAIME TRANCOU a sete chaves as portas de ferro de sua loja de móveis às seis horas da tarde, antes da hora habitual, fora do seu costume. Ficou com o molho de chaves na mão, no umbral da porta da loja, para o caso de algum freguês retardatário ainda vir comprar algo ou pagar uma prestação. Ele subiu direto para casa. Nas salas grandes, compridas e divididas por portas de vidro, reinava o silêncio, o vazio. A esposa Dora e o filho, que ainda era jovem, mas havia terminado recentemente a faculdade, tinham viajado para uma estação de águas. O pai e a mãe tinham recebido congratulações pela formatura, através dos jornais e do rádio, no programa judaico. Nos banhos certamente encontrariam pessoas, e ela ia circular com seu filho talentoso; talvez aparecesse um bom casamento, assim como acontecera com suas duas filhas, bem casadas com judeus de boa família.

A madame, ainda em tempo, despachara a empregada negra e dera-lhe ordem de que só voltasse quando ela retornasse à casa.

Ele agora está sozinho.

O cinqüentenário Jaime sentia-se ainda moço, como um rapaz. Ele agora estava livre, como saído de uma prisão, libertado de correntes.

Rapidamente, seus pensamentos mudavam de direção: ir a um restaurante, no centro da cidade, era uma perda de duas horas. Melhor pegar algo ali das sobras da geladeira. Ele teria uma noite inteira livre.

Enquanto tomava chá quente, ouviu um toque de campainha. Jaime correu até as escadas e viu, através do vidro da porta, um vulto vermelho; sinal de vestido de mulher. A cor vermelha, que ondulava através dos vidros da porta, provocou-o.

Lépido como um jovem, escorregou pelo corrimão e abriu a porta: sim, uma mulher. A inesperada d. Benedita.

D. Benedita sempre o transtornava... uma mulher pobre, operária de fábrica ou lavadeira, mãe de uma filha crescida, ela era sua freguesa havia anos. E ela costumava entrar na loja mesmo quando não tinha nada para comprar nem para pagar. Nas estreitas passagens da loja de móveis, era para Jaime muito agradável conversar face a face com ela.

Quando d. Benedita aparecia na loja com sua filha, era como se fossem duas irmãs, até mesmo gêmeas. A diferença entre mãe e filha diminuía cada vez mais e mais. D. Benedita, apesar de ser uma trabalhadora, uma lavadeira, mantinha sua juventude. Esguia e ágil, ligeiramente escura, de uma mistura que se processava, talvez, por gerações, tinha a negritude concentrada na região dos olhos e das sobrancelhas. A negritude se espalhava como sombra, um pouco mais abaixo, e isso enfeitava seu rosto delicado.

Em seu olhar reluzia ainda um desejo não apagado de vida, que combinava com o rosto sempre amigável, dócil e amistoso. D. Benedita era uma daquelas pessoas queridas, bondosas, bem-vindas, com as quais sempre é um prazer trocar uma palavra, um olhar.

Fazia muitos anos que era freguesa de Jaime. Quando ela saía da loja, ele muitas vezes tinha vontade de correr atrás e retê-la. No entanto, costumava parar e controlar-se para não se comportar como um adolescente... Deus o livrasse!

E eis aí a d. Benedita, sem sua filha-irmã, na escada de sua casa, com o cartão branco e a bolsa aberta, pronta para pagar.

– Ora como vai, d. Benedita? Suba, acabei de fechar a loja nesse minuto – Jaime sentia necessidade de se explicar mais que usualmente e estender-lhe a mão calorosa, num aperto intenso.

– Fiquei sozinho – disparou de repente Jaime – minha família saiu...

Jaime pegou d. Benedita pelo braço macio e a levou para cima, pelas escadas revestidas de veludo, como se estivesse recebendo um convidado a quem já esperava.

D. Benedita, espantada com a riqueza da casa, ficou visivelmente atordoada com as declarações do sr. Jaime, com suas palavras inesperadas. Seus olhos pretos de cigana faiscaram e cresceram as sombras em torno deles.

Jaime não se apressou em preencher o cartão e pegar o dinheiro; ele não achava uma caneta, não conseguia fazer as contas. Finalmente, tomou-se de coragem e, segurando o cartão, disse em voz baixa: – Posso lhe oferecer um cafezinho, d. Benedita?

O seu rosto rosa-pálido ficou rosa-púrpura e as sombras dos seus olhos aumentaram, quase cobrindo a profundidade dos olhos. Ela amassou o cartão, enfiou-o na bolsa e se despediu: – Obrigada, até logo – e procurou as escadas para sair.

Jaime já não mais a acompanhou até a porta, só lhe indicou: – Ali, ai! Vai saber abrir – sua voz saiu seca e lhe pareceu como se tivesse areia na garganta.

Rapidamente, o vermelho de seu vestido desapareceu do outro lado da porta de vidro.

Jaime ficou novamente só. O pão e o resto do chá já tinham um gosto de barro e ele não conseguia engoli-los. Parecia que não tinha língua na boca e sim um pedaço de couro. Lembrou-se do dito popular: "O peixe morre pela boca" ou "A vida e a morte dependem da língua".

Tentava lembrar quem era o marido dessa d. Benedita: seria aquele troncudo, impetuoso profissional de futebol? Aquele que uma vez lhe dissera, em tom taxativo: "Tome, pegue o dinheiro, pois não gosto de regatear". Ele ouvia ainda agora o eco de suas palavras...

Cada vez mais e mais nítida aparecia-lhe a figura daquele potente *gói,* daquele gentio. Aquele *gói* algoz provocava calafrios em Jaime.

Ele correu para a rua, talvez ainda encontrasse a d. Benedita e, com outras palavras, apagasse as anteriores. Tinha certeza de que ela as interpretara como ele pretendia, entendera suas intenções.

Mas ele ainda poderia melhorar tudo, se desculpar. No ponto de ônibus, Jaime já não a encontrou.

Melhor ir para a cidade. Ficar em casa, de jeito nenhum!

No caminho, sentado no ônibus, não conseguia se perdoar: por causa de algumas palavras, que duraram meio minuto, estragara toda a sua vida. Iriam chamá-lo na polícia. Isso para começar, e com certeza, os jornais noticiariam: um estrangeiro – talvez até *um judeu* – atrai para dentro de sua rica mansão uma modesta e honesta mulher, uma mãe de "moça casadoira". Há pouco tempo tinha havido uma notícia parecida contra um patrão judeu, também comerciante de móveis, apesar de os vizinhos judeus jurarem tratar-se de calúnia de um *gói* contra um rico judeu.

Ele também seria agora a vítima de constantes chantagens.

O marido dela, o futebolista, iria extorquir o máximo dele, o judeu que desejava sua mulher.

Jaime desviou para a sinagoga *Ahavat Israel,* Amor de Israel, de seus conterrâneos. Já havia tempo que não ia às reuniões da comissão. Naquele dia, uma quinta-feira, era dia de reunião. Sentado à mesa, Jaime teve a sensação de que em sua testa estava escrito: Mulata. Falavam sobre o anunciado chantre da sinagoga, em que cidades e lugares ele já havia rezado. Quando perguntaram sua opinião, ele sentiu novamente como se tivesse areia seca na garganta. Era sua última reunião. Sua carreira social naquela sinagoga e no banco, e também na associação dos comerciantes estava terminada. Terminada após ele ter evoluído tão maravilhosamente.

Jaime se perguntava: "Então, um pai?" A garganta começou a sufocar ali na mesa verde. Como ele pode envergonhar dessa forma o seu recém-formado filho, a flor de sua família, seu espelho? E as duas filhas que tão honrosamente se entrosaram na sociedade?

E como fora difícil galgar a posição atual desde que chegara ao Brasil... Detalhes da sua vida difícil vieram-lhe então à memória, ali, à beira do precipício... Um empregado vendedor, com patrão... depois um ambulante autônomo... a primeira fabriqueta de colchões... até que chegara à Casa Rei dos Móveis...

Os companheiros surpreenderam-se com o sempre alegre e conversador Jaime, contador de piadas, que estava atolado em pensamentos paralelos, sem prestar atenção ao assunto sobre o chantre. Jaime teve a impressão de que todos já sabiam da catástrofe. Ele adivinhou isso por suas fisionomias. Sem dúvida eles se solidarizariam: "Era um bom judeu, o Jaime, coitado, caiu nessa!"

Quando, tarde da noite, foi para casa, viu de longe, claramente, uma multidão na porta fechada de sua loja – a mais central e popular do bairro. Agora, parecia-lhe que estavam comentando seu comportamento, exatamente como naquela vez, no caso do açougueiro que havia perseguido uma mulher casada e que levara uma reprimenda. Quase fora linchado ali mesmo, perto da sua loja. Jaime realmente via manchas, sombras, nos cantos de sua loja, a construção branca.

Com o paletó no braço, pronto para tudo, saltou do ônibus, dirigiu-se para sua casa, na direção das silhuetas pretas que estavam ao lado da sua loja.

Estendia-se ao seu redor um vazio negro e noturno. Nada mais que um pedaço de papel, levado pelo vento, farfalhava levemente.

A chave, na fechadura, arranhava como um osso ressecado.

Ainda Histórias de Imigrantes

O MINIAN[1]

Tradução Dina Lida Kinoshita

O PROFESSOR Leibl postou-se na fila do banco, na longa fila dos aposentados, que chegavam bem cedo a fim de trocar o cupom mensal por uns minguados proventos. A fila de idosos, encanecidos e pobremente trajados, esperava silenciosamente a abertura do guichê da caixa. A fila era longa e antes de Leibl já havia muitos aposentados. Ele estava bem atrás, entre os últimos. A fila, calada, apática, começou a movimentar-se para a frente; o guichê foi aberto.

De repente aproximou-se de Leibl um senhor elegante, provavelmente funcionário do banco e discretamente, de maneira especialmente amigável, na verdade cordial, abraçou-o e sussurrou ao seu ouvido, apontando um gabinete lateral, bem no fim do recinto bancário:

– O diretor-chefe, Sr. Capri, quer falar-lhe.

O velho professor, embora acostumado, devido aos seus anos na escola, à frase "o diretor quer falar-lhe", ficou surpreso no primeiro momento. Entretanto, sem se perturbar, acompanhou o elegante senhor à sala do chefe.

1. *Minian* (hebraico), *minien* (em ídiche): quórum de dez homens adultos necessário para qualquer rito religioso.

No gabinete, finamente mobiliado, diante de uma larga mesa frontal, estava sentado um senhor magro, de traços refinados e rosto alongado, de maçãs pálidas e esticadas e olhos escuros, tristes e amendoados, porém de olhar orgulhoso e inteligente, uma testa alta, em formato de torre, quase pontuda, em cujo cume pretejava um simples solidéu, quase invisível. O professor Leibl avaliou-o imediatamente: "um exemplar clássico da aristocracia judaica sefaradita, o Sr. Capri"...

O funcionário fechou à chave o gabinete e o Sr. Capri, curvando-se à mesa, na direção do professor, começou:

– Perdoe, senhor. Encontramos o seu nome, Leib Gotsforkht, professor aposentado, na lista dos que recebem sua aposentadoria em nosso banco. Temos certeza de que o senhor é "hebreu"... Tomando conhecimento, através dos funcionários, da aposentadoria mínima que percebe mensalmente em nosso banco, atrevemo-nos, por achar de direito, a propor-lhe uma complementação pecuniária – hem... hem... – na verdade, dar-lhe o privilégio de uma *mitzvá*, uma boa ação, que ao mesmo tempo lhe propiciará uma complementação pecuniária...

Durante sua fala o Sr. Capri abriu largamente seus olhos amendoados e fixou sobre Leibl, ainda atônito, seu delicado olhar escuro.

As palavras, ditas de maneira agradável, algo fraternais, deixaram-no ainda mais confuso. Para o velho professor, as palavras pareciam excepcionais, naquele gabinete de um banco famoso, naquela sala elegante. Ele não entendia o que o aristocrata queria dele e por que, quase à força, o tinham atraído para ali.

O professor Leibl não sabia o que perguntar e o que responder, portanto, calava-se. O diretor, afagando-o em seguida com seu olhar, explicou-lhe com mais clareza:

– É provável que desconheça que nossa família construiu, em memória de nosso pai, que Deus o tenha, e de abençoada memória – enquanto isso apontava um quadro de moldura dourada, pendurado acima de sua poltrona – uma sinagoga, um templo maravilhoso no Jardim América. O prédio é motivo de orgulho para todos os hebreus, de toda a colônia... Há um problema, porém. Os nossos patrícios, que vivem na região ao redor do templo, só se lembram dele durante as Grandes Festas, *Rosh Haschaná*, o Ano Novo, e *Iom Kipur*, o Dia do Perdão...

O Sr. Capri silenciou. Leibl notou que o Sr. Diretor tinha prazer em pronunciar as palavras do *Loschn-Koidesch*, a língua sagrada, o hebraico, com a entonação sefaradita, naturalmente. Ficou atento, esperando as falas posteriores:

– É verdade que o templo se abre prontamente e com honra por ocasião de casamentos, cerimônias de *Bar-mitzvá*, a festa da maioridade religiosa, e para cerimônias de circuncisão, *Britmila*, todos os sábados e domingos. Mas, durante os outros dias da semana, permanece fechado. Os fiéis não comparecem. O templo fica vazio de manhã, na hora da oração de *schakharit*, a oração matutina...

O Sr. Capri tragou essas palavras e enquanto isso, involuntariamente, voltou-se para o quadro do pai, como se quisesse demonstrar-lhe um sentimento de culpa. Mas logo o diretor do banco assumiu um tom mais enérgico, quase autoritário:

– Ouvimos o conselho de nosso eminente rabino, para convidar dez hebreus necessitados e gratificá-los modestamente, mas também sem desonra, para garantir o *minian*, o quórum de dez homens necessários para o serviço religioso, durante o *schakharit*, a oração matutina. Assumimos pagar-lhe quinhentos cruzeiros mensais para que esteja todas as manhãs, o mais tardar às sete horas, em nosso templo. Se não possui o *talit*, o xale de oração, e os *tefilim*, os filactérios, nós os providenciaremos. Receberá o cheque todo início do mês judaico. Embora ainda falte uma

O MINIAN 115

semana inteira para o início do mês, o senhor receberá o deste mês com antecedência.

O Sr. Capri, sem esperar resposta do velho professor, estendeu-lhe um cheque.

O diretor do banco levantou-se, perfilando-se. Estendeu a mão ao atônito professor, desejando-lhe:

– Que seja numa boa hora! *Schalom e brakha,* Paz e bênção!

* * *

O professor Leibl ficou pálido, branco como o giz e seus lábios tremiam. Há muitos anos aprendera a se opor aos "diretores", diretores de escola, naturalmente. Ele, o professor de ídiche, sempre fora para eles um subalterno. Entretanto, até o último minuto, havia uns dois ou três anos, ele conseguira resolver seus problemas, defender sua honra e a do ídiche; agora, porém, estava chocado.

Comovera-se nem tanto pela soma oferecida, que para ele não era de jogar fora, mas pelas calorosas palavras judaicas de um homem tão importante. Tinha apreendido naquelas palavras uma nota trágica, que lhe era familiar... As muitas palavras do *Loschn-Koidesch,* a língua sagrada, o tom suave, humano e triste, despertaram nele uma grande compaixão pelo "templo dele", no qual ele nunca havia pisado, e que nem sequer conhecia.

Leibl, o professor de ídiche, jamais pisara em nenhuma das sinagogas de São Paulo. Ele era livre-pensador, embora não discutisse nem brigasse com judeus religiosos. Desde que se tornara adulto, nunca havia rezado. Seu *Sidur,* o livro de reza, e sua oração eram a literatura ídiche e, seus deuses, eram os poetas e escritores da literatura ídiche, cujos tesouros ele sorvia, como água fresca, desde quando estudara no famoso seminário para formação de professores de Vilna, às vésperas da guerra.

Estudara no seminário até o último dia, quando, com outros seminaristas, conseguiu salvar-se no interior da Rússia e de lá, após vagar e sofrer, chegar ao Brasil, onde assumiu um cargo de professor na Escola *Hatikva,* Esperança, no Bom Retiro.

Isso foi nos anos 40. O diretor daquela escola, um iluminista da velha geração, ele próprio um grande estudioso, avaliou o conhecimento e a proficiência de Leibl na língua ídiche e seus tesouros. Não havia um único livro em ídiche, desde o surgimento dessa língua, com o qual Leibl não estivesse familiarizado.

A comunidade, na época, ainda era simples, de gente do povo, de *klienteltchiques,* os vendedores ambulantes, de alfaiates, passadores de roupa, e os pais desejavam que seus filhos, além de *Loschn-Koidesch,* o hebraico, e orações, também soubessem uma simples palavra em ídiche, soubessem escrever uma cartinha, ler uma história e cantar uma canção em ídiche.

O professor Leibl tinha praticamente o monopólio do ídiche nos círculos pedagógicos e literários, embora essa língua não fosse muito valorizada entre eles: "afinal, *ivre-taitch,* os livros religiosos, *tzenerene,* os livros de orações para mulheres, e as histórias de Eizik Meir Diks"... seu ordenado sempre tinha sido menor que o de seus colegas de hebraico, história e judaísmo. Apesar disso, ele se manteve por duas décadas naquele cargo.

De repente o ambiente judaico mudou. Surgiu uma nova geração de comerciantes e fabricantes e os *klienteltchiques,* os mascates de ontem apressaram-se em construir edifícios e seus filhos rapidamente tornaram-se engenheiros e médicos. Transferiram suas casas para os Jardins e, da escola judaica, passaram a exigir "métodos modernos", para que os filhos ingressassem mais rapidamente na Universidade. O nome *Hatikva* foi traduzido por "Esperança", e as placas do edifício, escritas em ídiche e hebraico, foram removidas.

Leibl foi vítima justamente dessa onda que inundou a comunidade judaica. Ficou sem o cargo e passou a viver da magra aposentadoria mensal da caixa de previdência. Era como que um rejeitado, um excluído em vida.

Agora ele se encontrava no limiar da velhice... Acabara-se sua concepção de vida otimista, poética, romântica e lírica. Com freqüência era tomado por sentimentos amargos que o levavam ao desespero.

No seu quarto de solteiro, em prateleiras toscas de madeira, amontoava-se um tesouro de livros, mas eles não mais o atraíam, porque os conhecia quase de cor.

O professor costumava cantarolar as canções populares e recitar para si mesmo, como antes fizera na classe das crianças, os belos poemas dos poetas de língua ídiche, imbuídos de melancolia e saudade...

Naquele momento, ao sair do banco, foi assaltado pelas palavras de David Einhorn, escritor ídiche: "morreu o último momento de fé, não há mais quem se poste frente ao púlpito, silenciosamente arde num canto o fogo eterno e, solitário, se esvai e morre sozinho na sombra"...

* * *

Leibl ficou acordado a noite inteira. Ele se debatia; pela primeira vez se defrontava com aquela experiência. Tentou atar algum fio a partir de sua infância, em relação à sinagoga, à oração e à colocação dos filactérios. Não conseguia lembrar-se de nada, nem chegava a reproduzir uma imagem real de alguma vez em que tivesse ido ou se emocionado com a atmosfera do *Kol Nidre,* a oração de *Iom Kipur,* ou de uma casa de oração...
Ele conhecia tudo apenas da literatura, das obras de arte... como a do grande escritor ídiche Peretz: "está escuro em nosso Gos-

chen[2], escuro como na arca sagrada"... mais algumas linhas do escritor Vintchevski... de novo o "Vigia Noturno" de Peretz...

Após a noite agitada, o sono quase o entorpeceu; na hora de acordar, embora a cama lhe fosse prazerosa, como se estivesse num berço – e ele adoraria dormir mais – levantou-se da cama de um salto para o seu novo ganha-pão:

– Um judeu de *minian*[3]...

Decidido postou-se sob o chuveiro gelado e saiu à rua com determinação.

As casas ainda estavam envoltas pela escuridão, num sono gostoso e profundo. A rua parecia imersa na neblina branca que havia baixado na iminência do amanhecer. Ao redor das luminárias pululavam coroas lilases e verdes, como nas imagens dos santos cristãos. Ele atravessava a névoa branca na escuridão, sem enxergar um passo à frente.

Cortando assim a espessa névoa branca, ele se chocava com silhuetas femininas, que surgiam de repente da neblina leitosa, como que envoltas por uma teia branca delicada, que brilhava em seus cabelos. Um calafrio perpassou Leibl. As pobres moças solitárias, cansadas da noite, decerto estavam se recolhendo a seus ninhos. As cores de suas vestes, na névoa, pareciam um arco-íris, atraindo seu olhar para elas... e também para si mesmo...

Uma comparação drástica o perpassou: era o mesmo ganha-pão...

Subitamente assustou-se com a comparação e cortou com raiva a geada branca que havia se alojado em seus bigodes... mas a comparação não o abandonou mais e martelou em sua cabeça

2. Goschen: a cidade bíblica onde os escravos judeus moravam no antigo Egito. Simboliza um exílio judaico.
3. O judeu de *minian*: homem contratado para completar os dez homens necessários para o *Minian*.

até o ponto de ônibus. Não fosse empurrado por alguém para o degrau, ele talvez nem tivesse subido...

* * *

Quando o ônibus o deixou perto da rua em que se encontrava o templo, a névoa leitosa ficou ainda mais alva, a neblina mais espessa e envolvente como algodão. O professor Leibl avistou a cúpula acobreada e redonda do templo, que reluzia na espessa neblina.

Leibl pisou a ampla escadaria com ousadia e decisão e postou-se frente a uma pequena porte lateral, que já estava aberta, como se estivesse à sua espera.

Ao redor, só silêncio e escuridão, repleta de temores e de espera. A branca neblina exterior misturava-se na sua cabeça...

Mas eis que apareceu o *Schames*, o bedel. Ele levou-o para o interior, à ante-sala da sinagoga e apontou-lhe uma pia de cobre no canto, o lavatório. Sobre a lâmpada bruxuleava um arco-íris, como nas luminárias da rua. Sobre o lavatório estava inscrita, com letras bastante grandes, a bênção *Netilat Iadaím*, a bênção proferida antes de lavar as mãos.

Para Leibl tudo parecia estranho, misterioso, mas ele não se assustou... De repente algo surgiu como se fosse uma lembrança esmaecida, um passado difuso, e parecia-lhe já ter estado ali muitas vezes, havia muitos, muitos anos...

Ele acompanhou o *Schames*, com um solidéu em forma de torre na cabeça, o qual tirou de uma bolsa de *tefilim*, um *tales*, o xale de oração e os filactérios e levou-o para o fundo pouco iluminado, repleto de noite, a um dos bancos das primeiras filas, frente a um *Sidur*, o livro de rezas, aberto.

O castiçal mal iluminava as primeiras filas de bancos. Reluzia pálido e triste. Uma tristeza que se espalhava ao redor e também penetrava fundo em Leibl...

É provável que a entrada de Leibl na fileira tenha completado o *minian*, o quórum de dez, e um murmúrio se espalhou: *"Ma Tovu Ohalekha Iaakóv"*, "como são boas tuas tendas, ó Jacó"... O referido versículo entranhou-se docemente em Leibl e não lhe permitiu ouvir a oração silenciosa posterior do *minian* até que o *Baal-Schakhris,* o que rezou a oração matutina, elevou a voz que ecoava no balcão vazio, e exclamou: "o que devolve as almas aos mortos"... Ele permanecia em pé enrijecido e emocionado. Balbuciava os "Améns" e se assustava com a possibilidade de seu olhar cruzar com os de seus desconhecidos companheiros de oração...

De repente começou a sentir-se incomodado, até irritado porque o *Baal-Schakhris* parecia se apressar. Ele engolia com a boca larga, voltando-se entre um versículo e outro para o *minian* arrebanhado. Derramava os versículos como se derrama areia, e a Leibl ainda parecia que pulava orações inteiras.

Ele seguia as orações. Leibl compreendia bem o significado das palavras e parecia-lhe que naquele salão matinal enevoado, onde mãos se elevam ao céu para a salvação, para a *Ieschuá*... não eram mais os poucos judeus do *minian*, mas de repente, ele via ali o grande testemunho de centenas, acossados pelo tremor e pelo terror, pois iam exterminá-los...

O *Baal-Schakhris,* elevando a voz para a última oração, o "Temos que louvar", despertou-o daqueles pensamentos e rapidamente o *minian*, com a pressa de quem quer fugir, como se não quisesse atrasar o trem, empurrou o *tales* e os filactérios para dentro das bolsas e dirigiu-se rapidamente para fora.

Enquanto Leibl se preparava para sair, um raio de luz se misturou com a névoa através dos vidros coloridos. O azul tornava-se cada vez mais forte e o ar leitoso mais fraco. Quando ele saiu para a rua, o dia já estava mergulhado na correria das pessoas e no tumulto do trânsito.

Um travo desagradável penetrou-lhe no fundo da garganta... como se o tumulto da rua despertasse, desfizesse seu sonho... Decidiu que não retornaria ao *minian* e que rasgaria o cheque recebido com antecedência.

Enquanto entrava na padaria para comprar seu pão e o quarto de litro de leite diário, parecia-lhe que o padeiro já sabia do seu ganha-pão, e sentia-se como um ladrão, temeroso, porque o roubo despontava de seu bolso...

* * *

O professor Leibl passou o dia todo por experiências difíceis. Num momento era tomado de desgosto por sua biblioteca, que há pouco era a única coisa espiritual que possuía. Os livros eram suas meninas dos olhos, toda sua vida, seus únicos amigos. Noutro, pareciam-lhe desbotados, como se fossem tábuas de barro. Tentou folhear os livros "pesados", Spencer, John Mill, Multatulin, dos tempos dos anarquistas londrinos, tentava aprofundar-se neles, mas não conseguia. De repente, deu-se conta de que não os compreendia. Por fim, deitou-se para dormir com a intenção de não ir ao *minian*.

No meio da noite, porém, despertou assustado. Deu uma olhada no relógio, para ver – por Deus! – se não estava atrasado. Lançou um olhar à janela: um azul profundo atravessava a vidraça.

Leibl apressou-se para tomar um banho frio de chuveiro e passou um bom tempo lavando-se. Lavando-se como se fosse para um trabalho sagrado. Rapidamente abriu a porta e pôs-se a caminho pela noite afora.

Desta vez não havia neblina ou ainda era muito cedo. A neblina só baixa ao amanhecer e agora parecia que ainda era noite profunda.

O azul penetrava nele frio e fresco. Outra vez se defrontou

com mulheres, feiosas e pálidas, de caras descascadas, como se fossem gatos eriçados. Estava enojado.

Embora o templo ficasse muito longe, decidiu não tomar o ônibus, mas caminhar. Ainda era noite. Os primeiros ônibus ainda nem circulavam.

Leibl tomou-se de coragem para a longa caminhada e foi atravessando esperançoso as ruas vazias. Enquanto isso, comparava-se com aquele que está perdido no deserto e dirige seu passo de acordo com uma estrela brilhante no céu...

Logo a cúpula do templo se avermelhou e, quando chegou às largas portas do edifício, ainda era noite. Lembrou – ele o havia lido em algum lugar – que *schakhris,* a reza matutina, nunca começa antes que uma pessoa possa reconhecer outra quando estão distanciadas no mínimo cinco *ailn,* medida correspondente a 45 polegadas.

Não enxergava mais que sombras nos cantos. Leibl respirou fundo o azul da manhã que surgia e ficou enlevado aguardando o *Schames...*

ALGUMA COISA, PELO MENOS CONSEGUI!

Tradução CILKA THALENBERG

COM O ÂNIMO abatido, muito deprimida, Débora se detém diante do portão da casa do juiz de paz, localizada no fundo do jardim. Esta não é a primeira vez que ela se encontra naquela rua tranqüila e importante. Várias vezes ela já se aproximara da residência particular do juiz de paz e retornara à sua casa. Não tinha disposição de bater e entrar e também não sabia exatamente para que entrar. O argumento pensado era tão pouco importante diante do tamanho de sua desgraça!... E o que poderia resultar da ajuda do juiz? Mas desta vez ela ia entrar, pois tinha conseguido uma entrevista por meio de uma carta. Voltar atrás não era possível.

Débora Schtam já é viúva há dez anos. Seu marido e ela descendiam de famílias tradicionais de Breslau. Ela, filha do chantre-mor do templo de Bresslau e ele, o saudoso marido Jonas, era filho do intelectual da comunidade e, por seu esforço, cultura e erudição em conhecimentos judaicos e universais, tornara-se professor de liturgia no afamado seminário rabínico de Bresslau. No começo dos anos trinta, bem no início das perseguições, eles emigraram para o Brasil e até o último momento de sua vida em comum preservaram em sua casa a religião e a ortodoxia religiosa: observância do *schabat* e do *kaschrut*, a pureza alimentar judaica, em todos os seus detalhes.

Quando Jonas faleceu, Débora Schtam ficou com os dois filhos, um rapaz e uma garota, e dobrou seus cuidados para com ambos, na verdade mais com a garota do que com o rapaz, pois o perigo poderia rondar mais sobre ela que sobre ele. Não a deixava sozinha nas horas vagas, levando-a consigo em suas visitas e acompanhando-a nos seus encontros com os jovens. Com o rapaz isso já era mais difícil. Ele não tinha vontade de acompanhá-la nas suas entediantes visitas e tampouco suportava o olho da mãe sobre seus colegas; isso até o incomodava, o ofendia, o desprestigiava.

Com o tempo a mãe perdera o controle e a supervisão sobre o filho que, de repente, da noite para o dia, tornara-se maduro, tanto nos estudos quanto no comportamento, até que definitiva e inesperadamente escapara de suas mãos. Com relação à religião, sem cerimônia arrancara o solidéu da cabeça; não mais queria beijar a *mezuzá*, a bênção afixada no umbral das portas, rezar a oração *Krias Schmá*, ao deitar, e por fim recusara-se categoricamente a ir rezar na sinagoga aos sábados, ou nas grandes festas do Ano Novo e do *Iom Kipur*, o dia do perdão.

Uma vez, quando a mãe quis impor-se ao filho, o jovem explodiu. Efraim, com o rosto afogueado, onde as sardas mais se destacavam, como pintas de sangue, enfrentou sua assustada mãe. Apontando para a estante de livros, laqueada de preto, onde se apertavam as lombadas pretas dos livros do pai, do avô, do bisavô, ele berrou:

– Mãe, você pode vender tudo isso, pode doar ou simplesmente jogar no lixo. Eles não têm nenhum valor para mim.

Enquanto isso, Débora Schtam, comprometida, versada no Pentateuco, traçou um paralelo em sua mente: de seu filho, de Efraim, emanava insolência. "Filho rebelde e insubordinado!" – isso, porém, passou-se apenas no seu pensamento. Mais do que um "Deus meu, como você se permite, Efraim?" – ela não conseguiu pronunciar com seus lábios trêmulos.

Enfim, ela já se conformara com a idéia de que de Efraim não sairia um homem religioso. Tinha ela, uma viúva, outra opção? Em relação ao estudo, não podia se queixar: embora arteiro, sempre desorganizado, descabelado, com a camisa mal abotoada, sempre agitado, impaciente e teimoso, ele estava muito adiantado nos estudos, embora ela nunca tivesse notado esforço ou grande empenho dele diante dos cadernos escolares. Sem Efraim saber, muitas vezes ela se dirigira à escola e até às residências particulares dos professores, obtendo as melhores referências:

– Uma cabeça privilegiada tem o seu Efraim! Muito avançado nos estudos! Supera de longe seus colegas de classe!

De fato isso era um pequeno consolo para a mãe preocupada, para a religiosa Débora Schtam. Indecente, licencioso, malandro de rua seu filho não era. Aí, então, aconteceu a grande desgraça.

Certa vez, num domingo à tarde, abre-se a porta do corredor escuro e surgem duas cabeças de fogo que literalmente iluminam as paredes. Aparece Efraim e, atrás dele, uma garota, sardenta como ele, com mechas acobreadas nos cabelos despenteados, desgrenhados, emaranhados e desordenados como os de Efraim. Sem qualquer cerimônia, sem nenhum cumprimento, ele a apresenta à mãe:

– Sulinam Nagib, filha de libaneses cristãos. Minha amiga, minha noiva! Nós estudamos na mesma faculdade, no mesmo semestre. Vamos nos casar logo após o término dos estudos.

Em seguida o casal entrou no quarto de Efraim, e Débora permaneceu boquiaberta, com a mão estendida no vazio...

O filho, como uma correnteza que arrebenta todas as cercas,

todos os diques, mais tarde, na mesma noite de domingo, após acompanhar a menina à sua casa, advertiu a mãe:

— Ouça, mãe, se você não receber Sulinam com boa vontade e cordialidade, irei até as últimas e piores conseqüências, e continue ouvindo, mãe: nada me liga ao seu mundo do passado, à sua religião. Isso você poderia ter deixado lá na sua Bresslau. Eu não sou devedor do seu Deus. Além do mais, ele proporcionou a você e aos seus correligionários muitas e suficientes desgraças. Vocês foram ingênuos, cordeirinhos. Eu também preciso ser assim?!

A partir de então Débora Schtam tinha medo de entabular muita conversa com seu filho. Medo de que suas palavras desencadeassem algum castigo. Um castigo suplementar, um acerto de contas do céu. Ela queria evitar uma experiência, tanto para ela quanto para ele.

Querer, ela queria simplesmente expulsá-lo de casa, a esse dissoluto e blasfemo, porém dominou-se. Encolheu-se em suas dores, fez rolar uma pedra sobre seu coração e, bem no seu íntimo, estabeleceu uma promessa: não romper a ligação e não partir a ponte entre ela e Efraim. Temia uma conversa franca cujo final seria imprevisível. O melhor, neste caso, ouvira dizer, — era calar-se... Ela também temia que a filha fosse envolvida — Deus o livre! — naquele conflito horrível. Débora tinha confiança na filha, que era fiel e sinceramente ligada a ela mas, quem sabe, talvez uma dúvida pudesse se infiltrar em seu coração, um pouco de simpatia, uma solidariedade, uma espécie de piedade para com o rebelde e impetuoso irmão.

Na verdade Miriam era o oposto de Efraim. Enquanto ele era um boa-vida e um frívolo, ela era uma sombra contida e recatada. Isso se evidenciava até fisicamente, como às vezes pode acontecer por um capricho biológico: ele, sardento, com cabelos flamejantes e manchas ardentes no pescoço branco como leite. Seus colegas de classe o chamavam de "Mickey Rooney", famoso e juvenil astro de cinema. O nariz curto e estreito, como se tivesse sido cortado na largura e lapidado dos dois lados – "um quarto de nariz" – era, no entanto, o ponto central de toda a sua fisionomia. Sua insubordinação estava toda concentrada naquele narizinho.

Miriam não tinha qualquer semelhança fisionômica com o irmão; seu semblante, coberto com uma discreta cor escura, concentrava-se não só nos cantos, mas também debaixo dos olhos, fazendo-a parecer mais velha, embora tivesse dois anos menos que o irmão. Enquanto Efraim lembrava o exterior livre e agitado, Miriam lembrava o interior fechado, o crepúsculo elegíaco da casa escurecida por cortinas quase sinagogais; a tristeza acumulada de uma casa judaica religiosa, enviuvada e com órfãos; uma casa judaica cercada de vizinhos cristãos...

A mãe, após longa análise, pesava e media palavra e comportamento, como se se aconselhasse com seu saudoso marido ou com os antepassados de ambos e chegasse à conclusão de que era perigoso dar início a uma briga, com uma depreciação, nem que fosse somente para tentar influenciar Efraim, pois percebia que naquela fase, naquele período de paixão, seu filho tendia mais para Sulinam do que para ela. Ela lembrava bem as idéias de Bresslau, de sua juventude, sobre os complexos que cada um pode adquirir no subconsciente por desejar ser igual a alguém. Também ela, a viúva, tem o complexo em relação ao marido, aos seus pais falecidos, ao seu Deus e ao Deus "deles". Exatamente como tem o complexo oposto, de repulsa, de repugnância à sua iniqüidade, aos gentios, ao mundo e ao Deus "deles"...

Esses eram os espíritos que a dominavam; ela não tinha meios nem forças para envolver seu filho nas redes dos seus espíritos, por isso ele caíra nas redes de outros, de estranhos. Agora ele escapara de seu domínio e entrara no dos outros.

* * *

A partir daquele domingo Débora Schtam passou a temer por seu jovem e indiferente filho. Quem sabia até onde ele podia chegar? Suas suspeitas faziam-na estremecer. De há muito estava acostumada à sua teimosia, mas agora não era aquela contrariedade infantil mas sim mau humor e arrogância. O que mais poderia ainda acontecer?

Ela sentiu sua fraqueza e solidão. Tinha vergonha de confiar em suas amigas, no rabino da comunidade. Que sua tragédia se mantivesse em segredo por quanto tempo fosse possível e que, – Deus nos livre! – ninguém descobrisse!

Muitas vezes ela se sentia como um comandante militar que deve decidir sobre a estratégia da próxima batalha. Que táticas empregar? Que armas usar? Aí, então, voltava-se para as fotografias dos seus pais, de seus antepassados, os cultos de Bresslau, os rabinos honrados e representantes da comunidade; ela ia de uma foto a outra; do marido ao sogro, do pai ao avô. As artísticas telas a óleo, dos mais famosos pintores judeus alemães lembravam os clássicos quadros de rabinos dos artistas holandeses e flamengos.

Apesar de ser a hora do almoço, quando, através das pesadas persianas, aqui e ali, penetrava um raio de sol, naquele grande cômodo pairava a melancolia do crepúsculo, do pôr do sol. As lombadas pretas e envernizadas dos livros brilhavam como peças do mobiliário da Sociedade Cemitério, como ela se recordava, do departamento de enterros do seu sogro, presidente da sociedade de Bresslau, porta-voz da comunidade. Ela sentia como se realmente o olhar dele a ela se dirigisse...

Então o jovem chegou. Entrou na sala como um vendaval e a mãe estremeceu. Com vigor puxou as persianas, abriu as janelas e, parando, arfou:

– Ar de mosteiro, abafado como numa igreja... – e, como num desafio, informou à mãe:

– Nós nos casaremos na casa do juiz de paz, sábado, 11 de maio. Mãe, não crie problemas, nada vai adiantar.

Apesar de Débora Schtam esperar algo pior, mesmo assim a notícia veio como um baque surdo.

– Sábado – no juiz – 11 de maio... no juiz! – ela sentiu-se algo aliviada... – Poderia ser... – tinha medo de completar seu pensamento...

De imediato o jovem se foi, como se o mesmo vendaval que o trouxera o tivesse levado. Ele se foi, mas o vento perturbador permaneceu na casa, com a janela escancarada. Parecia que a estante de livros se abria e o vento folheava os livros e o calendário dependurado sob o relógio de parede...

Débora Schtam agradeceu a Deus por Miriam não se encontrar em casa naquela hora. – Bom que ela está na escola... – Desde o primeiro momento a mãe almejava mantê-la longe do fogo.

Para 11 de maio faltavam perto de dez semanas. Tinham passado alguns dias do *Purim*, a festa da Rainha Ester. Este *Pessakh*, a páscoa judaica, ela não ia festejar como todos os anos: participar com os dois filhos do *Seider* coletivo, a ceia ritual da Congregação. Ela permaneceria em casa. Como poderia encarar suas amigas, seus conterrâneos de Bresslau, sem seu filho, seu Efraim? Cada um certamente perguntaria: Onde está o rapaz? Que o Efraim não iria junto, estava claro...

Com a aproximação da data crítica, um pensamento teimou em persistir: ceder de todo na disputa com seu filho rebelde ela não deveria. Se assim fosse, ela seria conivente com o pecado.

O pecado dele não era somente o casamento com... a não judia. Seu pecado era certamente o leviano distanciamento de todas as crenças judaicas. Isso ela não podia simplesmente engolir. Que o Todo-poderoso fosse testemunha de que ela lutava. Ela não se daria por vencida tão facilmente.

Por ser mãe, ela certamente precisaria assinar no cartório e num sábado ela não escreveria – "morrerá mas não transgredirá" – ela não esquecera o versículo que seu saudoso marido costumava citar constantemente, parece que de Maimônides.

Onze de maio... onze de maio... Como um raio um pensamento penetra através de sua testa enrugada. – Por acaso não seriam os dias da contagem do Omer, os sagrados dias da contagem?

Assustada, folheia o calendário. Sim, ela não se enganara: "Vinte e nove dias do Omer"; trinta e três dias do Omer é 14 de maio. Ela não profanará o sagrado, não quebrará os históricos costumes do luto: há muitas gerações que, nos dias da contagem, não se celebram casamentos.

Débora Schtam está presa ao calendário. É uma diferença de quatro dias – em vez de sábado, quarta-feira, o dia festivo de *Lag Baomer*. Ela entende muito bem que seu insubordinado filho é capaz, justamente por isso, de marcar esta data: *Schabat*, sábado, e nos dias da contagem.

Ela irá argumentar com o juiz de paz. Com a noiva cristã ou com os *mekhutonim*, os consogros cristãos, é impossível argumentar, além de ser uma vergonha, uma ofensa a ela, velha filha judia tradicional, viúva do professor de teologia do mundialmente conhecido Seminário Rabínico de Bresslau.

Enraizou-se teimosamente dentro dela o pensamento de apelar ao juiz. Entretanto, no escritório oficial, será difícil expressar seu pedido simples e humano de transferir só por quatro dias o

132 · IMIGRANTES, MASCATES E DOUTORES

casamento civil do filho. No cartório, tudo está de acordo com a lei, com o protocolo. Vão lhe mostrar que o filho é maior de idade e pode fazer o que ele quiser. Não se encontra mais sob sua guarda. No cartório, ela provavelmente terá de lidar com um funcionário subalterno, um escrivão. Não, não é bom. Ela vai se dar ao trabalho de ir à residência particular do juiz. Quem sabe ele terá a boa vontade de recebê-la? Já por algumas vezes ela se dirigira à rua do juiz, mas nunca tivera coragem de entrar.

Passaram-se alguns dias e ela, finalmente, após muitas conjecturas, redigiu uma carta ao juiz. Era deveras uma tarefa complicada – como justificar seu pedido e ao mesmo tempo não demonstrar sua total contrariedade ao infeliz casamento? Pois o juiz também era cristão.

Para alegria de Débora, alguns dias depois do envio da carta chegou um convite aberto do juiz de paz.

Ela toca a campainha e entrega seu cartão de visita.

O juiz, um velho alto, encurvado pela velhice, já estava à sua espera. Já se haviam passado alguns minutos da hora que ele combinara para a visita, após receber sua carta.

Por hábito ele jamais recebe clientes em sua residência particular. Isso é contra a ética jurídica e podem colocá-lo sob as mais diversas suspeitas, mas para ele era curiosa aquela visita: ele tinha indagado do oficial que lhe informara tratar-se de um casamento misto, de noivo judeu com noiva cristã. Conta-se todo tipo de histórias sensacionais em relação a reações marcantes do lado dos pais. Ele já ouvira falar de algumas tragédias. Em todo caso, aquilo era interessante. Ele receberia a senhora judia.

O juiz a introduziu em sua biblioteca e a viúva Débora Schtam expôs novamente seu pedido de adiar o casamento do filho por alguns dias, mediante a alegação, da parte do juiz, de "motivo simplesmente técnico".

O velho juiz ficou boquiaberto. Apesar de prestar muita atenção, não conseguia entender os motivos: por que, realmente, para os israelitas, as sete semanas entre *Pessakh* e *Schavuot*, o Pentecostes são dias de luto? Quando a viúva lhe contou que isso se devia a um fato que se passara havia quase dois mil anos, mais ainda cresceu seu espanto:

— Mas, minha querida senhora, manifestou-se o velho jurista elegantemente — a jovem é católica, de uma família católica famosa, da alta sociedade. Esse motivo não é válido para uma ocasião como este casamento...

Débora Schtam esperava justamente esse argumento. Ela não tinha o que lhe responder. Desesperada, agarrou-o pelas duas mãos e implorou:

— Deixe-me, pelo menos, conseguir isto...

Alquebrada, então, caiu em prantos. O juiz sensibilizou-se com suas lágrimas. Sentiu sua exigência, que atravessava o choro. Os olhos de Débora eram emoldurados por sobrancelhas espessas e negras, sobre as quais parecia ter caído uma geada, um orvalho cinzento. Sobrancelhas, olhos lacrimejantes e os punhos cerrados daquela israelita agitaram o juiz.

— Na verdade, isso é um detalhe sem importância. Se com tudo isso a senhora concorda, de boa vontade transfiro a data. Tantos preconceitos existem nas religiões... Bem, mas vou alegar simplesmente motivos técnicos...

Livrando-se das suas mãos, piscando para os dois lados, olhando para cima, para o grande crucifixo dourado que reinava sobre o centro de sua estante de livros, ele acrescentou:

— Eu entendo, eu entendo... e a acompanhou para fora da biblioteca.

Depois da visita bem-sucedida ao juiz, elevou-se o moral da desolada, da deprimida Débora. Ela estava contente, não pela discreta vitória sobre o atrevimento do filho, mas pela alegria de ter cumprido uma boa ação e não ter de passar pela tentação de um pecado. Por dois pecados: profanação do sábado e da contagem do Omer. Então, subitamente, ocorreu um milagre!

Efraim, o noivo, de repente se transformou. Passou a não mais enfrentá-la, impaciente, como quando saía correndo de casa sem se despedir, exatamente como havia chegado, com fúria e sem cumprimentar. De todo amoleceu; mais calmo e contido, tornou-se mais suave. A mãe, atônita, sentiu que algo a esperava. Seus pressentimentos, desta vez, não a assustavam. Ela mesma não sabia porquê.

Uma intuição oculta despertou nela, alegremente, como se um pássaro canoro batesse, tranqüilo, na janela do dormitório...

Ela não se enganava. Efraim cada vez mais se comportava amavelmente. Como num sopro, desapareceram sua selvageria e sua insubordinada teimosia. Ele agilmente se acomodou, rodeava a mãe como um gatinho, até a abraçava e beijava. – De fato um milagre de Deus – admirava-se a mãe.

Após alguns dias, Efraim manifestou-se claramente. Não foi tão simples nem tão fácil. Ele tentou algumas vezes: – Mãe, quero te revelar algo, mas não agora, uma outra vez. – Logo depois: – Mãe, quero te dizer algo, contar algo.

Finalmente, colocando as mãos da mãe nas suas e sorrindo no seu olhar de dor, ele começou:

– Mãe, eu esperava de sua parte uma forte repulsa ao meu amor por Sulinam, pois conheço a inveterada teimosia dos judeus em relação ao amor por uma moça cristã. Você sabe que sou totalmente livre de tal anacronismo, de tal repulsa e auto-isolamento. Sei que estas palavras lhe doem, mãe. Sua cultura se baseia na crença e é o resultado do ódio que outras religiões mais fortes e agressivas praticaram contra vocês nos países europeus.

Eu sou brasileiro, assim como minha noiva. Estamos livres de qualquer peso religioso, mas estou feliz por você não se opor e por nos entender humana e culturalmente.

Efraim, após o pesado discurso que dele saiu, elaborado como uma lição decorada, descansou. A mãe sentiu naquele momento que não era só isso que seu filho queria contar.

– Mas ouça, mamãe – continuou Efraim –, os pais de minha noiva, cristãos religiosos, concordaram justamente nisto: que celebremos um casamento religioso. Casar só no civil não é suficientemente honroso para eles, é coisa de plebeus, de ciganos. Levantaram uma tempestade! Exigiram um casamento religioso, com todo o cerimonial e, naturalmente na Igreja, a católica, que eu, categoricamente – e como você me conhece – repeli veementemente. Só isso me faltava – me converter! Me tornar um católico!

Efraim contraiu e enrugou seu curto nariz; esqueceu que quase não tinha nariz.

Só estas duas palavras; "converter, católico", lhe provocavam repulsa.

– Não saí da religião judaica, mas de qualquer uma – ele declarou, feliz por encontrar uma fórmula importante e continuou contando:

– Ouça, mãe, o que aconteceu em seguida. Passaram-se dias e semanas de contradições. De início eles me prometeram mundos e fundos; como isso não resolveu, simplesmente me ameaçaram, o que aumentou a cólera de Sulinam. Depois de um intervalo misterioso de contradições, aparentemente após um conselho de família e, quem sabe, de um consultor jurídico ou talvez de um conselheiro religioso, sabe-se lá quem, chegou, por meio de Sulinam, uma proposta de casar de acordo com o cerimonial judaico, sob a *Khupá*, o pálio nupcial, na sinagoga. Um casamento sem uma bênção religiosa em geral é uma vergonha para a família e traz desgraça, eles argumentaram. Minha noiva também me pressionou, me forçou para um casamento judaico religioso...

Débora Schtam ouviu com a respiração presa. Não queria expressar seus sentimentos com uma palavra sequer. Tinha medo também de que o filho interrompesse sua fala, que para ela soava como uma confissão. Sentiu que aquilo não era tudo. Não se enganara.

– Com você não preciso me desculpar... Me desculpo comigo mesmo, com minha própria consciência... Concordei, finalmente, com uma cerimônia judaica religiosa no templo, pois a religião judaica com certeza e definitivamente nunca perseguiu, como as outras poderosas religiões. Pelo contrário, ela sempre foi perseguida e foi justamente nesse momento que me decidi: estou em paz com minha consciência.

Resignado e em silêncio beijou a mãe e acrescentou:

– O casamento vai se realizar no dia 14 de maio à noite, no templo. Já estivemos com o rabino e tratamos das formalidades. Na mesma data, às 10 horas da manhã, será assinado o casamento civil, no cartório. Por motivos técnicos, o juiz adiou o casamento de sábado, dia 11, para a quarta-feira, dia 14.

Débora Schtam subitamente sentiu como se todas as fotos, do marido, dos pais e dos avós, se transformassem em lâmpadas e emitissem feixes de alegria para ela, aquecendo-a. Abraçou seu conturbado filho, que voltara à razão novamente, beijando-lhe os olhos.

– Muitas felicidades, Efraim! – balbuciou feliz. E pensou:
– Alguma coisa, pelo menos, consegui!

AS IRMÃS

Tradução GENHA MIGDAL

BROKHE RECEBERA uma notícia terrível: sua única irmã, Mina, que "progredira" no Brasil e era a esposa legítima de um rico joalheiro italiano, estava à morte. Logo a seguir, deixou seu rico hotel, que dirigia sozinha havia alguns anos, na colônia portuguesa de Lourenço Marques, na África. O hotel estava atulhado de tapetes caros, vasos e cortinas, colecionados durante os terríveis anos de vergonha e que eram cuidados com devoção religiosa. Cada enfeite fora arrancado do mundo com raiva, por causa de sua vida reprovável e humilhante.

Brokhe deixou seus tesouros sob a guarda do marido, *litvak*, o judeu lituano, que se encostara nela na velhice, tornando-se seu dependente. Deixando tudo, assustada e atordoada, pegou o primeiro avião com destino ao Brasil, para vir ter com sua irmã, que estava à morte.

Elas não se viam havia trinta anos e continuavam ligadas somente pelas cartas, cartas íntimas e sigilosas que escreviam constantemente uma para a outra. Sobre cada banalidade e sobre acontecimentos maiores, muitos lamentos foram derramados com "querida irmã, minha vida", "irmã do coração", "pai do céu", *siostre kochanedike*, querida irmã. As cartas nivelavam seu destino, apesar de uma ainda viver em pecado, amasiada na África, e a outra, já redimida, no Brasil.

Enquanto Brokhe voava até a irmã, toda a sua vida veio à tona diante de seus olhos. Lembrou-se de todos os detalhes, desde seu desaparecimento de casa até ser separada da irmã naquele enevoado porto, de cujo nome nem se lembrava. Nem dava atenção aos demais passageiros, loucos por uma conversa; o balanço do avião lhe fazia recordar as várias etapas de sua travessia angustiada pelos confins da África.

Seus olhos se fechavam de vergonha, a cada mudança de vida que lhe ressurgia inesperadamente na lembrança. E eram precisamente as maiores dificuldades que se apresentavam à sua memória. Não a deixavam durante toda a viagem. Por vezes abria os olhos para verificar se nenhum dos passageiros estava percebendo as imagens que naquele momento lhe iam na alma.

Quando finalmente terminaram todas as etapas da longa viagem, o carro estacionou diante da casa de Mina. Brokhe começou a subir os degraus de mármore branco do palacete de sua irmã, – a residência de verão de Vitório Mazzuti, no aristocrático quarteirão de mansões à beira-mar – e sentiu o coração confrangido; novamente descortinou-se à sua frente toda a sua vida fracassada. Um nó sufocava-lhe a garganta.

De nada valem a riqueza e o doce lar quando a morte está à espreita.

* * *

A irmã Mina ainda se mantinha firme e não aparentava estar tão mal. Esguia e alta como outrora, trinta anos atrás, o coque alto que a tornava mais alta ainda, os agudos olhos capciosos e vivos, Brokhe notou ao primeiro relance a semelhança com sua mãe.

Mina, vestindo blusa branca, fechada recatadamente até o alto, com a gola assentada, arrastava-se triste através das amplas e frescas salas do palacete cheias de almofadas bordadas com anjinhos e madonas.

Apagada, ela se movimentava pelas salas mobiliadas ou embalava-se na cadeira de balanço, folheando uma grande Bíblia dourada e ilustrada, que seu marido lhe comprara num antiquário.

Brokhe procurava disfarçar que conhecia o estado desesperador de Mina. Vestia-se festivamente, para que ela não percebesse nada em seu olhar.

A irmã africana viera toda perfumada. Seu vestido curto, seu andar saltitante remoçavam-na. A qualquer instante a sexagenária Brokhe poderia passar por uma mulher de trinta e cinco anos. As meias pretas, as sapatilhas sedosas rejuvenesciam discretamente seu rosto esticado, massageado com um aparelho elétrico, o que o tornava liso e aveludado como um pêssego.

Brokhe foi apresentada ao cunhado, o fino italiano senhor Vitório. Ele confiou à recém-chegada irmã de sua mulher o terrível segredo: o reumático coração inchado de Mina não agüentaria trabalhar por muito mais tempo, e a tragédia poderia acontecer muito em breve.

As duas irmãs ligaram-se muito. Não se separavam por um minuto sequer, esvaindo-se em lágrimas dezenas de vezes ao dia. A cada pecado, a cada vergonha rememorada. Confessaram-se uma à outra, narraram tudo como se fosse o momento de desvendar os tesouros escondidos. Ambas se empenhavam em mostrar quão amarga e pecadora fora sua vida.

Quem começou foi Brokhe. Sua irmã Mina, com o rosto empapuçado e a blusa recatadamente abotoada, como uma aristocrática dama de salão, com olhares especulativos que se perdiam no amplo e rico espaço ao redor, atentava quieta e fraca às palavras familiares da irmã, na sua língua materna, o ídiche, que não ouvia havia tantos anos.

Brokhe começou a partir da noite em que ambas tinham saído de Novoradomsk, com o Ídel, o *expediteur,* que lhes entregara passaportes e grandes rublos de prata para as despesas.

* * *

... Ambas ficavam em casa, com a mãe calada e o pai furioso. Nunca ele lhes disse uma boa palavra. Desabrochadas, com fartos cabelos claros, sobrancelhas densas e penugem no rosto carnudo, enchiam, quarenta anos atrás, a apertada casinha de *Reb* Alter, o confeiteiro. Ele, no entanto, apesar de não ter dote para elas, enxotava os aprendizes de padeiro que se aventurassem a flertar com as suas filhas casadoiras. Ao contrário, cada jovem aprendiz que pusesse os olhos sobre uma de suas filhas tão viçosas era imediatamente despedido do trabalho.

Assim transcorreram meses e anos e *Reb* Alter não parava de resmungar, ora para sua aparvalhada esposa, ora para suas duas filhas.

E quando Ídel, o *expediteur*[1], uma vez, tarde da noite, ofereceu um trabalho para suas duas filhas em Tschenstokhov, na casa de um conhecido e piedoso cidadão, *Reb* Alter aprovou com satisfação.

Esse Ídel *expediteur* trazia encomendas de fora. Ele sempre rescendia a aromas do exterior: tabaco prussiano, licor prussiano e aguardente, que importava em garrafas brancas com rolhas prateadas. No bolso interno do paletó tinha sempre papéis estranhos com carimbos, escritos em línguas estrangeiras. A cidade

---

1. *Expediteur (em francês):* assim é chamado o personagem de Ídl. Em ídiche *o* apelido dele é *Schpiliter* que é a coruptela do *expediteur.*

lhe atribuía pecados escusos, "negócios nebulosos". Suas poucas palavras, sua camisa bem passada, seus óculos dourados faziam os judeus senti-lo estranho, como se fosse um padre ou um missionário. Ninguém entabulava muita conversa com ele nem com seus familiares.

No entanto, ele sempre era escolhido como presidente da prestigiosa pequena sinagoga *Chevre Tehilim,* Sociedade dos Salmos, que ficava situada na propriedade de Ídel, o *expediteur,* e cujo aluguel não era pago havia anos, e assim fizeram-no presidente, tanto por medo de seus olhos cheios de vasos sanguíneos vermelhos, quanto pelas polpudas contribuições por ocasião das chamadas à leitura da Torá.

Ainda assim, mais tarde, durante os intervalos entre as rezas vespertinas e noturnas cotidianas, quando Ídel, o *expediteur* se encontrava na Prússia, essas polpudas contribuições despertavam reflexões e indagações entre os fiéis.

Que Ídel, o *expediteur,* estava envolvido em algo perigoso ficava claro para todos. Porém, nenhum cidadão tinha qualquer divergência com ele e de ninguém ele abusara. Bem veladamente, presumiam-se dois envolvimentos seus: espionagem e "mercadoria viva". Seus negócios de expedição eram somente uma aparência, uma camuflagem.

O consolo era pensar que nenhuma pessoa conhecida, da própria cidade, jamais fora prejudicada por ele. Ao contrário: quando encontrava um conterrâneo no exterior, na Prússia, que é vizinha, colava-se a ele. Providenciava-lhe um auxílio financeiro sem juros e recepcionava-o com lauta refeição no único restaurante que se dizia *Kosher,* de comida ritualmente pura.

Algum tempo depois, quando as filhas de *Reb* Alter foram se empregar em outra cidadezinha, Tschenstokhov, as pessoas se aperceberam e envolveram-se em murmúrios.

O murmúrio começou com os rapazes frustrados, os aprendizes de padeiro e os jovens caixeiros dos açougues clandestinos e dos feirantes.

Somente quando os judeus estabelecidos abordaram *Reb* Alter algumas vezes, indagando-lhe sobre suas filhas, como estavam fora de casa e o que escreviam, – na verdade, nada escreviam, – é que *Reb* Alter decidiu, numa madrugada, ir a Tschenstokhov imediatamente.

De lá, não mais voltou. Sua aparvalhada mulher vendeu por uma ninharia a padaria, e a cidade não soube como decifrar o segredo de *Reb* Alter com suas duas belas filhas de tranças compridas.

Ídel, o *expediteur*, naquele tempo, demorou-se mais na Prússia. Quando retornou, já quase não se comentava sobre a família de *Reb* Alter. Só os vasos sanguíneos dos seus olhos amedrontavam mais que antes.

* * *

Já tinham transcorrido muitos anos desde que as duas irmãs haviam sido levadas de sua Novoradomsk para o mundo da vergonha e da degradação. Já se haviam passado muitos anos desde aquela manhã úmida, na esquecida cidade portuária em que foram separadas.

E eis Brokhe novamente com Mina, de cujo rosto inchado e de nariz carnudo é difícil fazer surgir o antigo rosto iluminado da irmã que se aquecia e relaxava como massa mole, quando Brokhe se punha a falar na familiar língua materna de Novoradomsk.

Brokhe falava ídiche, para que nem Vitório, seu cunhado, nem os empregados captassem nenhuma palavra da longa história que ora desenrolava para Mina: a história de suas degradações, sofrimentos e errâncias através do continente africano, e de como ela se salvara do abismo.

– ... Agora, graças a Deus, já sou uma honrada proprietária de um hotel em Lourenço Marques, um hotel respeitável, tendo um marido próprio, que, apesar de viver às minhas custas, me é fiel. Ele é respeitado na cidade porque conhece os vários idiomas das pessoas do porto.

Em Lourenço Marques, até hoje, ninguém descobriu nada sobre minha vida. Ou talvez até saibam algo, mas ninguém se importa, não é da conta de ninguém, não é como em Novoradomsk.

Tenho a casa mais bonita da cidade. Nela há os mais lindos e mais caros móveis, as mais preciosas cortinas e valiosos vasos e outros enfeites.

Se vem um conferencista ou um rabino lituano (toda a África está tomada por *litvakes*[2], judeus lituanos), se vem um sionista, o banquete de recepção é realizado na minha casa.

Faço os maiores donativos na cidade, para judeus e não judeus. Quando os vinte judeus lituanos começaram a construir sua sinagoga e interromperam por falta de dinheiro, eu os ajudei. O telhado da sinagoga de Lourenço Marques fui eu que paguei.

Quando me vêm à lembrança meus tempos antigos, volto-me para aquele telhado.

Você se lembra da promessa que Ídel, o *expediteur*, de amaldiçoada memória, nos obrigou a fazer, de comer *matzes no Pessakh* e jejuar no *Iom Kipur?* – e eu não cumpri todos os rituais?

Os *litvakes* "impuros" têm negócios escusos até no santo dia de *Iom Kipur*, o Dia do Perdão.

O rabino lituano já teria feito, há longa data, seus negócios escusos em casas de judeus, se eu não lhe pagasse mensalmente uma boa soma em dinheiro.

Brokhe percebeu como suas palavras abalavam Mina, agita-

---

2. *Iákhnes* (sing. Iákhne)*mexeriqueiras *e* bisbilhoteiras

vam-na e conduziam-na a um mundo abandonado há muito tempo. Deixou as narrativas de suas boas ações e voltou aos primeiros anos, quando se separaram na manhã enevoada, num porto escaldante de cujo nome não se lembrava. Pensou então que ambas embarcariam no mesmo navio. Só quando o navio desatracou – que horror! – Mina não estava!...
Brokhe esvaiu-se em lágrimas. Falava entre soluços. Seu rosto bem tratado, como a pele de um pêssego, escureceu. O corpo perfumado contorcia-se envelhecido:
...Quem sabe se todas as maldições judaicas não vieram por minha culpa?... Mina, minha irmã, minha querida irmã...
Noites africanas, socorro, pelo amor de Deus, Pai do céu!...
Mãos negras estendiam-se sobre meu pescoço branco, Mina, querida irmã... Como garras, milhares de mãos sujas estendiam-se sobre meu pescoço branco – Santo Deus! – e me arranhavam e me esganavam... Arranhavam meu corpo, as bestas humanas, e me sufocavam. Como se eu os enfeitiçasse. Através das aldeias africanas – quem sabia seus nomes? – soluçava Brokhe – espalhou-se meu nome, meu nome impuro. Que seja uma expiação por todos os pecados dos judeus...
Você se lembra de minhas tranças... claras... aveludadas – amaldiçoadas desde o nascimento?... Minhas tranças luminosas em mãos imundas... Ai de mim!...
Elas me aparecem em sonho ainda hoje: sujas mãos estendidas arranham meu corpo e meu cabelo, arrancam pedaços de minha carne... Serpentes envolvem-se em minhas noites, quando penso em minha vida pecadora... serpentes sobre o ventre... me amarram, me prendem com grilhões...
Salve-me, Mina querida, de meus sonhos! Das mãos sujas que ressurgem após tantos anos de penitência, após tanto choro... Beliscam meu ventre envergonhado, irmã do coração...

Eu poderia ter sido uma mãe, uma religiosa mãe judia, agora certamente uma avó, ter netos comerciantes, médicos, como os impuros *litvakes*.

É sorte que eles não sabem sobre meus sonhos, sobre as patas sujas.

Uma vez sonhei com Ídel, o *expediteur*, com mãos pretas, negras. Parecia um negro. Não, era Ídel, o *expediteur*...

Brokhe terminou com um choro convulsivo. Mina aconchegou-a, acariciando-a.

As duas velhas mulheres aninharam-se, como se fossem duas jovens donzelas. Ouvia-se a respiração ofegante de Mina.

* * *

Mina não era tão fluente como sua irmã. Também, era mais velha que Brokhe. Ela mantinha a mão no lado esquerdo do peito, para diminuir a opressão do coração. No rígido e aristocrático ambiente de seu marido e de sua família, ela, após anos de adaptação, aprendera a falar pouco.

Brokhe já sabia como tudo acontecera:

... À janela, na gaiola em que Mina fora colocada à força pelo homem com quem Ídel *expediteur* apareceu no úmido e enevoado porto, cujo nome elas não sabiam, costumava passar um cavalheiro calado e triste, que ficara precocemente grisalho e parava ali várias vezes. Ele fixava seu olhar em Mina e durante horas não se mexia do lugar.

"... Olhei-o direto em seus olhos para que tivesse misericórdia de mim. Ele já não era o primeiro... eu já havia sofrido bastante." Mina fechou os olhos e engoliu as palavras.

Um ano inteiro, após nosso primeiro encontro, permaneci sentada à janela, até que ele me levou de lá, num carro, para sua casa, para sempre...

Vitório é irmão único entre muitas irmãs, que o adoravam. Temiam por seu futuro. Ele tem um bom coração, uma alma ingênua de criança e, como uma criança, é indefeso. Suas irmãs, já na ocasião casadas, ricas e com filhos, não cessavam de preocupar-se com o seu Vitório, o honesto e pacato irmão que evitava qualquer ambiente feminino, sentindo-se envergonhado na presença de mulheres. Ainda hoje fazem piada com ele, por ter se esgueirado de casa quando foi convidada uma aristocrática senhorita para ser-lhe apresentada.

Mina contava e a expressão de seu rosto resplandecia. O embaçamento úmido de seus olhos diminuiu.

"... Assim, seu negócio, ele o recebeu do pai por herança. As irmãs herdaram a casa e as propriedades. Ele, o negócio. É aí que ele se sente à vontade. Conduz os negócios com energia e sabedoria. Nunca manchou o nome da família: Vitório é elogiado entre seus familiares por seu tino comercial e relacionamento polido com as pessoas".

Quando cheguei em casa, empetecada com trapos de seda, meias coloridas, trastes perfumados e profundas olheiras, foi um inferno...

Ele já as havia posto a par e prevenido para que me recebessem amistosamente. Até hoje não consigo entender como o fraco e encabulado Vitório, a criança que corava à simples menção de mulheres, teve a coragem de levar-me diretamente da "zona" até elas, até sua aristocrática família, até suas arrogantes irmãs.

... Elas o arrastaram para outro aposento, deixando-me sozinha com minha dor. Ouvia de lá berros ininteligíveis para mim. Só sentia que elas me açoitariam, me arrebentariam com os meus trastes e me jogariam porta a fora.

Brokhe, querida, eu só esperava por isso: já tinha todo um

plano arquitetado. Um pouco de dinheiro guardado junto ao seio eu já tinha e onde era a estação, eu já sabia...

Vitório, apesar de já ser na ocasião um adulto emancipado, chorou como uma criança. Soluçou como um garotinho a quem não se quer comprar um brinquedo. Ameaçou matar-se, dar-se um tiro ou abandonar os negócios, tornando-se um vagabundo, um vadio.

... Ele lutou como um herói. Toda a sua vida fora comandada pelos outros e ele os atendia. Na ocasião, naquele momento, todos tiveram de atendê-lo.

Eu não acreditava que Vitório quisesse tomar-me como esposa legítima. Sei lá... Acontecem coisas de toda a espécie... Pensei que, após alguns dias ou semanas, me enxotaria novamente para a rua... Talvez me desse algum dinheiro... para que, mais tarde, eu não me identificasse socialmente.

O Deus do Universo quis diferente... Foi determinado nos céus... Que eu, Mina de Novoradomsk, fosse arrastada por Ídel *expediteur* para o Brasil e encontrasse meu predestinado, minha estrela...

Os olhos inchados de Mina tornaram-se novamente desanuviados e o embaçamento se esvaiu. A testa branca alisou-se.

Seu comprido nariz carnudo ficou torneado. Ela emergia da blusa recatadamente fechada, como de uma gravura.

Mina encontrou o álbum de família, começou a percorrer as fotos e seu semblante tornava-se solene.

... Fiel como Vitório é para mim, nenhum homem pode ser; como se eu o conduzisse ao bom caminho, o tirasse da lama suja, e não ele a mim.

Até de judaísmo ele me lembrava. Sempre pedia que eu observasse nossa fé. Mandava-me rezar pelo nosso livro de orações que me comprara: um *sidur* e uma *tekhine*, livro de súplicas em ídiche. Suas irmãs me respeitam quando vêem que vou à sinagoga.

Com freqüência, Vitório fica a meu lado quando acendo as velas de *schabat*, como fazia nossa mãe, sexta-feira, ao entardecer...

Nos primeiros tempos, eu ia, mesmo no *Iom Kipur*, o dia do Perdão, para "nossa" sinagoga, na oração de *Kol Nidrei*. Depois deixei de ir. Você sabe quem, infelizmente, a gente encontra lá. Eu também não queria aborrecer Vitório, se por acaso alguém lhe explicasse que lá não era a sinagoga verdadeira, porém a sinagoga das "polacas"...

A dos outros, os decentes, Brokhe querida, não me atrevia a ir... Embora me atraísse como um ímã. Seu templo orgulhoso, em pleno Bom Retiro, não camuflado nem escondido, com largas escadarias, como a mais bonita igreja. Só lá se encontra a linha direta para o Senhor do Universo...

E às vezes imaginava – quem sabe? Talvez lá eu encontrasse papai ou mamãe, que envergonhamos tanto... Com certeza se foram muito cedo deste mundo...

Meia fortuna eu daria para resgatar nosso pecado, ajudar a sustentar um necessitado, distribuir caridade aos pobres, aos doentes...

Talvez isso seja considerado no outro mundo...

... Olhe, Brokhe, minha vida, só receio encontrar-me com papai. Como poderei olhá-lo nos olhos?

Se eu lhe dissesse que estou rica, enfeitada com colares de contas, pérolas e brilhantes, ele gritaria:

– "Fora, moça impura, renegada!"

Ambas as irmãs limpavam os olhos. Mina, depois de descansar um pouco, como se rememorasse novamente, continuou a confissão:

– "... Nosso rabino, o ladrão, não tem o reconhecimento do Senhor do Universo. Então Deus não sabe quem ele é? Ao rabino dos outros eu tinha medo de ir. A vida inteira tive medo. Oh, como invejo as simples judias, as *iakhnes*, as fofoqueiras, que podem ir rezar nas sinagogas quanto quiserem e quando quiserem. Seu andar aprumado para um *Kol Nidrei*, para ouvir o toque do *schofar*, rezar pelos mortos, mergulhar nos banhos rituais..."

A cor reavivada do semblante de Mina desvaneceu-se como num sopro. O longo monólogo e o choro copioso transformara-a novamente numa idosa gravemente doente. Ela retomou ainda, com as últimas forças, o fio de sua conversa:

"Desde que surgiu o rádio, foi bem mais fácil para mim. A semana inteira passo sozinha em casa. Vitório não está. O horário do programa mosaico é o meu maior deleite. Ouço os melhores chantres, a melhor reza do *Scheraton*. O *Kol Nidrei*, a oração fúnebre e a bênção do vinho. Em seguida, a crítica que se faz às mulheres desmazeladas e aos homens caducos."

Escurecia nos quartos arrumados, mobiliados como uma igreja. Sombras projetavam-se em todos os cantos. Soprava um vento forte. As duas irmãs enrolaram-se em acolchoados e cochilavam nas cadeiras de balanço, cansadas das confissões, com a sensação de saciedade que se tem após muito rezar.

* * *

Junto ao cemitério cristão Chora Menino, isolado por um muro e servido por um portão de ferro, alargava-se pela colina o cemitério da "Sociedade".

O cemitério estendia-se sobre a colina em forma de anfiteatro. No portão, após a entrada pela larga escadaria, havia uma casinha de oração, com uma grande estrela de Davi, as pontas iluminadas com lampadazinhas, num eterno presente do ilustre senhor Fulano, filho de Siclano, para a "sociedade de ajuda mútua".

O cemitério da "Sociedade" primava pelo cuidado e arrumação dos túmulos, as lápides pretas e brancas com letras douradas, enfeitadas com fotografias e muitas inscrições e dedicatórias.

Na ala feminina brilhavam boas fotografias recentes, bem cuidadas e alegres. Parecia que teriam sido transladadas diretamente da "zona" – onde durante uma vida estiveram acorrentadas como animais numa jaula – para cá, ao ar livre.

Dispunham-se em fileiras, uma mais alta do que a outra, em semicírculo, para que uma não encobrisse a outra, e todas pudessem ser vistas simultaneamente.

As feições, nas fotografias, eram de jovenzinhas. Ainda não maculadas, ainda não ofendidas. Recatadas, moças judias provincianas.

De todos os cantos da Polônia e da Rússia procediam elas, as "irmãs": de Odessa, Tchernovitz, Kischinev, Praga, Lodz.

As inscrições nas lápides revelavam, às vezes, a idade avançada das falecidas, mas as fotos eram de jovens, muito bem guardadas, preciosidades preservadas de sua juventude de donzelas.

Os túmulos tinham dedicatórias de amigas, companheiras abnegadas, que colocavam as lápides como expressão de profundo amor à falecida, para sua lembrança eterna. Nessas dedicatórias estava contido o desejo ardente de que aquelas que as tinham colocado também não fossem esquecidas no triste momento de uma morte solitária e que se manifestassem as amigas remanescentes, colocando-lhes lápides. Porque, família, as "irmãs" não deixavam...

As jovens cabecinhas femininas olhavam por cima e parecia que elas chamavam os transeuntes, como lá, na "janela". E segredavam baixinho ao ouvido: – "Venha para mim... lindo... branquinho... queridinho..."

Das pedras de mármore branco e preto subia o murmúrio eterno, como uma prece coletiva.

Separados, encontravam-se os homens, na ala masculina. Também com fotografias: rostos grosseiros, gordos, de beberrões, embora elegantemente arrumados ao fotografar-se. As inscrições nas lápides, secas, sem dedicatórias e sem as tradicionais letras hebraicas para designar, como na ala feminina: "Aqui jaz a mulher proeminente..."

E, como para bastardos ou para suicidas, não tinham nenhuma inscrição, as lápides masculinas.

* * *

A morte chegou num entardecer. Vitório, o fiel marido de Mina, fazia alguns dias que não ia trabalhar, não saía de sua cabeceira.

O coração de Mina funcionava cada vez menos. Todos os tipos de remédios, sedativos e hipnóticos, que os médicos não poupavam em suas receitas, só serviam para prolongar seus dias e seus sofrimentos.

As cunhadas, muito cristãs e religiosas, observavam impotentes, com muita tristeza e lágrimas nos olhos, a agonia de Mina. Brokhe, no ambiente estranho dos parentes de sua irmã, perambulava envergonhada e perdida.

De longe examinava a cabeça branca da irmã, que, como um cisne agonizante e lânguido, se embalava com o lindo pescoço longo e cujos olhos inebriados de remédios chamavam Brokhe para si.

Mina conseguiu despedir-se em ídiche de sua irmã. Brokhe ouviu também suas últimas palavras com Vitório. Agradeceu-lhe por seu amor a ela. Durante um silêncio mortal de todas as irmãs de Vitório, Mina pediu a seu dedicado marido que autorizasse sua irmã Brokhe a enterrá-la entre os "israelitas", no cemitério israelita.

De nada adiantou Brokhe correr até o presidente da Sociedade do Cemitério nem as somas vultuosas que ela lhe ofereceu por uma cova, ainda que fosse mesmo junto ao muro, bem embaixo, para sua irmã que acabara de falecer, envolvida em grande religiosidade, como ela lhe esclareceu.

O referido senhor, presidente da Sociedade do Cemitério, recebeu-a em sua loja de tapetes que ficava no centro da cidade. Ele sorriu em seus bigodes gentios e, pegando o nome da família da falecida com Brokhe, que falava meio inglês e um pouco de português (ídiche o presidente não entendia), olhou de forma suspeita o rosto massageado de Brokhe, liso e rosado como a pele de um pêssego, observando também seu andar saltitante e suas sapatilhas pretas de seda. Ele tornou a medi-la ousadamente, de cima a baixo, até Brokhe ser tomada por uma fúria assassina.

Foi inevitável para ela comparar sua luta lá em Lourenço Marques, à vergonha que estava tendo que passar ali, por querer cumprir o pedido de sua irmã – dar-lhe um enterro judaico. Sua irmã fora a esposa legítima do gentil Vitório, que fizera tamanho sacrifício... chegara a concordar em enterrar sua querida esposa no cemitério israelita, embora tivesse preparado um jazigo de família em aristocrático cemitério cristão...

O mundo ficou sufocante para Brokhe. Como contar a Vitório que os israelitas tinham se recusado a sepultar sua delicada esposa na terra de seu cemitério?

Era para ela uma vergonha perante a família não judia de Mina, que há muito esquecera que sua cunhada tinha sido uma "polaca". Chegaram em elegantes carros pretos próprios e beijaram a morta, no rosto deformado pelo sofrimento, que se tornara branco transparente, como fina porcelana.

Brokhe dirigiu-se imediatamente do presidente da Sociedade do Cemitério para o presidente do cemitério da "Sociedade", para que sua irmã fosse trazida, em nome de Deus, para um túmulo judaico, pois ela temia que Vitório e sua família decidissem, naquele ínterim, transportá-la para o jazigo da família, no cemitério cristão.

Quando a longa fila de carros pretos chegou ao portão do cemitério, já era tarde, ao anoitecer. Os vértices da estrela de Davi já brilhavam com seis lampadazinhas coloridas...

Um judeu contratado disse o *Kadisch*; a oração pelos mortos, o chantre encomendado pelo "grupo de ajuda mútua" cantou um capítulo dos Salmos e a reza *El Mole Rakhamim,* Deus Cheio de Misericórdia.

Brokhe saiu sozinha, alquebrada, do cemitério que se estendia como um anfiteatro numa colina da cidade, que havia pouco se acendera num mar de luzes. Nos arranha-céus refulgiam luminosos coloridos.

Para Brokhe, ficou mais uma vez claro que a vida não valia nada.

MAZL-TOV[1], PARABÉNS

Tradução GENNY SERBER

APESAR DO nome aparentemente festivo, este conto tem, na verdade, um início triste: passa-se na casa de uma mulher judia que agoniza.
Lentamente se esvai a noite interminável e cansativa. Pela janela fechada, vai penetrando na casa uma luminosidade azulada que cria um misto de luz e de escuridão. No dormitório espaçoso paira um gélido e contido silêncio, cheio de expectativas. Encostados às paredes, de cabeça baixa, vêem-se alguns vizinhos cristãos que tinham entrado no meio da noite, pela porta escancarada.

Luís, o dono da casa, está ao lado da cama: sua esposa, Mina, fora trazida ontem do hospital, atendendo à sua última vontade: morrer no próprio leito.

Foi quando a moribunda Mina, muito pálida, pediu ao marido que se abaixasse até ela, para lhe sussurrar algo:

---

1. *Mazl-Tov*: literalmente, boa sorte.

– Luís... sinto muito por você... Me corta o coração... não consigo morrer tranqüila. Você fica só, como uma pedra... não despeça a Adélia. Ela tem um bom coração... não dê ouvidos à vizinhança...

Mina quis concluir, mas seus lábios crisparam-se, e os olhos viraram-se nas órbitas. Mina estava partindo e o profundo gemido que saía do seu corpo, como uma pesada pedra, definitivamente a derrubou.

Luís e os vizinhos cristãos não tinham notado que, pela porta entreaberta, entre o corredor e o dormitório, espremia-se o rosto fino de Adélia, a empregada mulata. Ela certamente prestara atenção às ultimas palavras de sua patroa moribunda. É verdade que não entendia as palavras em ídiche, mas seu nome, "Adélia", ela ouvira e entendera, concluindo que o patrão iria demiti-la.

A quieta Adélia, uma quarentona, trabalhava já havia quatro anos com Mina e seu marido, esgueirando-se pelos corredores e quartos escuros e tristes. No ambiente da doente sofredora, ela caminhava na ponta dos pés e executava todos os serviços e obrigações, tanto como doméstica quanto como enfermeira: arrumava, cozinhava, servia comida e, com paciência, cuidava da enferma na cama. Não era de admirar que a doente sentisse sempre a compaixão fraterna de Adélia, enquanto dela recebia comida, remédios e injeções.

Além disso, era Adélia a única mulher que se ocupava dela, porque as mulheres judias do bairro muito pouco apareciam e as poucas que por obrigação a visitavam transmitiam-lhe receio e pavor. Elas não conseguiam esconder o próprio medo e suas visitas esporádicas mostravam ser de cortesia e eram ridiculamente curtas, com falas lacônicas, perguntas prontas e falsas posturas, supostamente esperançosas: – Sua aparência está ótima, está melhor, graças a Deus... – e coisas assim...

Dificilmente alguma das mulheres judias tinha coragem de olhar dentro de seus olhos e, de coração aberto, conversar com ela, apesar de terem sido tão próximas antes dela adoecer.

Adélia, com seu rosto alongado e escuro, as olheiras ao redor dos olhos grandes e ovais, com seu modo de andar e de agir, adaptara-se ao ambiente da doente terminal e a toda a atmosfera sombria da casa meio fechada. Ela só percebia, mas não entendia algumas poucas e desgarradas palavras entre o patrão e a doente. Apesar de bem familiarizada com tudo aquilo, a língua estrangeira que marido e mulher usavam era para ela muito esquisita, tanto que, freqüentemente, sentia-se culpada e até já havia decidido mudar de emprego ou mesmo voltar para sua casa, naquela cidade distante, em Minas. Mas, sempre sentindo pena da doente e também do patrão, o solitário sr. Luís, coitado, fora ficando. Os vizinhos judeus, que já sabiam que os dias de Mina estavam contados, punham os olhos na Adélia e também falavam dela, a Adélia de Minas. Cochichavam quando ela, em seu vestidinho de chita, ia comprar pão, carne e verdura. Na rua, era parada pelas mulheres israelitas que, maldosa e ironicamente, lhe perguntavam: – Sr. Luís gosta da sua comida?

Dona Rebeca, esposa do Tchórtkover[1], sempre enfeitada com as jóias, que eram a mercadoria de seu marido, perguntara-lhe sem cerimônia, com um sorriso e balançando a cabeça (enquanto lhe tilintavam os brincos).

– E quando sua patroa morrer, você ainda vai continuar no emprego?

O rosto escuro de Adélia, todo marcado e com olheiras, tinha empalidecido. Entre perdida e atrapalhada ela balbuciara:

– Deus me livre!

---

1. *Tchortkover*: apelido do homem que é da cidade de *Tchortkov*, na Ucrânia.

As mulheres judias que, com reconhecido prazer, prestavam atenção à pergunta corajosa da mulher do Tchórtkover e à resposta de Adélia, no entanto, não conseguiram entender o "Deus me livre": se se referia à morte da patroa (idéia em que a moça não queria crer) ou ao emprego com o futuro viúvo... e lá veio uma agradável conversa de duplo sentido entre elas.

Adélia ficava aborrecida porque as patrícias de sua patroa perguntavam menos sobre a saúde dela, já muito precária, do que sobre os seus serviços para o sr. Luís, coitado. Dava-lhe a sensação de que as senhoras israelitas olhavam torto para ela por sua intimidade com a doente e havia decidido consigo mesma que, assim que a patroa morresse, iria embora, apesar da dor no coração pelo bom patrão. Parecia-lhe que andava sobre brasas e que a vigiavam e perseguiam.

E logo naquele momento, após a morte de d. Mina, vêm-lhe à mente essas perguntas capciosas e insistentes de d. Rebeca... Chorosa, Adélia pergunta ao assustado sr. Luís: – O que vai ser agora? A quem devo chamar?

Depois de um silêncio mais longo ela ergue a voz com veemência:

– Não é melhor eu ir embora de uma vez?

Luís, absorto em profundos pensamentos, cobre o rosto da falecida. E, estranho: algo como um alívio entra na casa, como se as inquietas paredes em volta respirassem. Enquanto isso, os vizinhos cristãos, delicada e silenciosamente, abraçam o enlutado e, murmurando preces, deixam a casa da falecida. Luís, então, aproxima-se da empregada, segura seus longos dedos e, com a garganta seca e um olhar úmido nos olhos vermelhos, lhe pede:

– Não me abandone agora... Você não viu como a d. Mina pronunciou o seu nome? Me mandou...

Luís não conseguia achar a palavra certa. Ele largou os dedos de Adélia e pediu que ela chamasse todos os vizinhos israelitas da rua para lhes contar detalhes de suas últimas horas e como alguns vizinhos cristãos tinham estado ali a noite toda.

Luís ficou com a falecida Mina, coberta e silenciada. Pensamentos se emaranhavam e corriam pela sua mente. Voltavam novamente as primeiras esperanças de cura... fora uma batalha dura. Dias e noites entranhadas em dor, como num oscilar de balança... sem poder olhar nos olhos de Mina, por culpa, por guardar o segredo que ela sabia que ele conhecia bem. O segredo... e eis que chegara a hora crítica: um fim para seu sofrimento.

Agora era um vazio tão grande... Ele descobriu o rosto da esposa: redondo como a cabecinha de uma criança, das pílulas de cortisona que ela engolira às dezenas. O rosto branco e cadavérico da falecida não dizia mais nada, apesar da sua expectativa... que ela terminasse suas palavras, suas últimas palavras para ele.

Luís olhou novamente à sua volta. Estranho: ele sentia uma dor na coluna, um cansaço, mas, num arrebatamento, revivia, apesar de sentir-se ao mesmo tempo culpado e envergonhado.

Luís se deu conta de que o rosto de Mina estava descoberto. Mais uma vez, como que em busca de algo, olhou o rosto da falecida e, lentamente, puxou o lençol sobre ela. Depois ele saiu à rua para resolver as formalidades do enterro. Luís tinha prestígio entre os poucos judeus que moravam naquele subúrbio de São Paulo. Tinha vindo como que perdido para o Brasil – como ele costumava explicar – depois da Primeira Guerra Mundial e se instalara entre os ávidos ambulantes ou, como ele os chamava, "fervorosos competidores", ambulantes que percorriam ofegantes os morros e os vales desde o amanhecer, com pacotes de roupas e colchões. Ele, sozinho, conduzia sua alfaiataria de ternos sob encomenda e ganhava honradamente o seu sustento, porém sem exageros. Tinha poucas despesas: era só ele e Mina, filhos eles não tinham.

Luís se instalara naquela região por acaso: em um domingo à tarde, ele e sua companheira tinham ido a um passeio pelos morros da Cantareira; subiram por trilhas estreitas e se acharam entre cercas verdes e floridas. De repente abrira-se uma avenida suburbana e larga que começava a seus pés e terminava longe, onde, ao amanhecer, via-se a neblina. No dia seguinte, voltara novamente com Mina, procurara uma casa para eles, comprara uns poucos móveis e ficara.

Logo começaram a aparecer os judeus de rosto queimado do sol, calças de tecido barato, camisa aberta no peito, carregando todo tipo de mercadoria pendurada, como se fossem lojas ambulantes. Luís, elegante e sempre sorridente, magro e penteado, sentia prazer com seus novos vizinhos judeus, seu rosto queimado de sol e sua voracidade por amealhar pequenas fortunas. A ele não incomodava a crítica de sua mulher contra "seus ambulantes". Ele mesmo não queria nem mesmo encostar num pacote, apesar de, nos primeiros tempos de sua oficina, não ter tido muita sorte. Aos poucos, sua casa tornara-se uma porta aberta, simpática aos mascates que, cansados, ofegantes e encharcados de suor, chegavam exaustos por causa do calor. Como num espetáculo, Luís ouvia seus comentários exagerados sobre suas vantagens: – "Ganhamos o dia!" "Fizemos a América!" Naquele salão escuro, que ficava atrás da oficina, era sempre fresco. Luís também tinha sempre um jornal ídiche novo (dos "de esquerda", cochichavam sempre os ambulantes). Mina, apesar de não gostar do tipo de trabalho desses mascates, ouvia ansiosa as novidades de seus negócios, que lhe pareciam aventuras: aquilo de enfiar bugigangas desnecessárias às jovens brasileiras – as "Marias" – sem que seus maridos tomassem conhecimento e às vezes artigos que, na situação delas, poderiam dispensar.

Mas Mina sempre recebia bem os mascates com uma bebida fria ou até um banho de chuveiro, se alguém tivesse vontade. Luís e Mina, apesar de serem livres-pensadores, faziam-no como uma boa ação, como se valesse por um privilégio para eles no outro mundo – era assim que o judeu de Tchórtkov explicava, maliciosamente, para os ambulantes.

Os mascates, cansados, entravam na alfaiataria e, com familiaridade, experimentavam os quitutes de Mina, que ela, com um doce e carinhoso sorriso, costumava servir-lhes. A dona da casa, no entanto, lhes parecia diferente, "moderna", como eles murmuravam. Os mascates da Bessarábia e da Lituânia não percebiam que, além do jornal e de alguns livros sobre política, não havia nenhum outro traço de judaísmo, nem mesmo uma *mezuzá* nas portas internas.

Entretanto, aos domingos e no dia Primeiro de Maio, quando os cansados fregueses do pobre vilarejo procuravam a alfaiataria, o despreocupado casal saía para perambular pelas montanhas, com mochilas e bengalas, como fazem os jovens rapazes despreocupados, nada conforme à sua idade.

O de Tchórtkov até deixara escapar uma palavra, dizendo que eles não eram casados segundo o ritual judaico. Os mascates não deram muita importância a essa suspeita, porque a bondade de Mina estava estampada em seu rosto. O de Tchórtkov costumava acrescentar:

– Um casal perfeito; eles se merecem. Ambos vão ter o mesmo castigo! – E ele costumava, mais que os outros, passar suas horas de lazer na casa do casal da alfaiataria.

E assim tinha sido que Mina adoecera. A doença surgira de repente, como uma ave de rapina que ataca um pássaro mais fraco.

Mina, havia pouco, saudável, alegre e amistosa, adoecera e caíra de cama para não mais se levantar. A casa de portas sempre abertas transformara-se; a turma de mascates não queria sobrecarregar Luís e, ao tomar conhecimento de que a doente não estava bem, não teve mais coragem de entrar e se reunia na porta. Todos pediam notícias sobre a doente e se retiravam. Somente dois permaneciam mais tempo: o Tchórtkover e Froike, o dos colchões.

O Tchórtkover era um judeu mais velho, ágil, alegre, contador de piadas e religioso. Seu nome provinha da cidade de onde ele viera para o Brasil e, mais que isso, por ele se vangloriar de conhecer o rabi de Tchórtkov e de seu pai ter sido um *hassid,* freqüentador da casa do rabi, sobre a qual costumava contar vantagens. Os poucos mascates lituanos quase não percebiam isso tudo, porém, gostavam de chamá-lo de Tchórtkover, por um motivo discreto...

Na casa do Tchórtkov também havia, há uma década, uma empregada negra e a palavra *tchort,* diabo em russo, lembrava para os lituanos e os poucos bessarabianos, um som familiar russo e, involuntariamente, tinham feito uma associação dessa palavra com a empregada negra. Havia nisso uma insinuação de que aquele alegre judeu hassídico teria secretamente algo com a mulata.

Quando havia uma recepção, a empregada ajudava a servir como se os convidados fossem seus. As bochechas escuras, sobre as quais ressaltava um pó vermelho púrpura, os lábios grossos como salsichas, tudo costumava tremer enquanto ela servia.

Os lituanos concluíram que ela era um diabo, um *tchort,* e associaram-na às histórias do patrão sobre o famoso rabi. Mas todos simpatizavam com o malicioso, hassídico e espertalhão negociante de ouro e mascate de bijuterias. Ele era mais rico que todos ao seu redor. Mas, por que ele se instalara naquele fim de mundo de um pobre subúrbio? Provavelmente haveria razões para isso, razões essas que jamais saberemos.

O Tchórtkover era o calendário e despertador vivo para os ambulantes provincianos: lembrava-lhes a data das Grandes Festas e não os deixava sair nesses dias com os pacotes. Ele mesmo não carregava pacotes grandes, toda a sua mercadoria estava nos bolsos fundos do colete. No entanto, se ele próprio ia à cidade, naqueles dias, para rezar, ninguém tentara descobrir.

"Froike dos colchões", em um porão, enchia colchões de palha, de vegetação marinha e algodão. Ainda solteiro, sem pais, ele dormia na colchoaria. Parecia sempre como que arrancado de um colchão de palha ou de algodão. Seus pés eram pequenos e arredondados e os braços, longos e pesados, como se a eles estivessem amarrados pesos e, desprendia-se dele um ar de força e trabalho. A cabeça grande, cabeluda, de madeixas loiras de sol estava sempre semeada de restos de feno e ligeiramente esbranquiçada pelos flocos de algodão. No porão, ele enchia os colchões até tarde da noite. De dia, enquanto duas costureiras pespontavam os sacos, Froike puxava uma carriola de colchões, isto é, mascateava com colchões. Era o mais pesado e cansativo trabalho de ambulante, empurrar a carriola morro acima e abaixo, e sempre se faziam comparações entre os mascates do lugar: – "O Tchórtkover mascateia leve e o Froike mascateia pesado..." Mais que todos, o coração de Froike sofria pela doença de Mina e pela batalha do Luís. Fora o médico que lhe dissera que o caso de Mina era irreversível, que ela não mais sairia da cama. E ela ainda ia padecer por anos. Com muita tristeza ele percebera como se esgotavam entre os poucos judeus e, principalmente, entre suas mulheres, o interesse e a preocupação para com o bom companheiro Luís. Ele, Froike, já estava acostumado a uma vida solitária, mas tinha muita pena do Luís.

De repente lhe ocorrera uma idéia. Seu olhar fixara-se em uma de suas costureiras, a mineira Adélia. Ela estava sentada, curvada sobre a máquina de costura. O cabelo longo escorria por suas costas miúdas. O mal iluminado perfil de seu modesto rosto, como sempre, lembrara-lhe em alguma coisa uma cena do livro do Pentateuco, na tradução ídiche, em que a matriarca Raquel carrega uma jarra de água perto de uma fonte. Froike, pensando no muito sofrido Luís, que, de repente, fora abandonado por todos e precisava sozinho atender a esposa doente, interrompeu a máquina de costura e gentilmente dirigiu-se à costureira:

– Adélia... sob minha responsabilidade... Luís é um homem correto. Você vai ganhar mais com ele do que comigo nos colchões. Vá trabalhar com ele, cuide da casa dele e trate da doente. Eu sei muito bem que você é capaz.

Diante dos elogios vindos do patrão, um rubor espalhou-se pelo seu rosto moreno. Com seus dedos delicados e longos como fitas, ela escovou o pó do algodão e os pedacinhos de palha e acompanhou Froike. Assim começara o convívio entre a moça mineira e o casal de judeus.

* * *

Logo que terminou o luto de 30 dias após a morte de Mina, o Tchórtkover não sossegou:

– O que vai ser do Luís? Como pode se arranjar um homem só e tão delicado?

Com olhares faiscantes e o chapéu que, pela sua instabilidade mais lembrava um solidéu, ele piscou para o grupo de ambulantes, indicando o fundo da cozinha, onde, silenciosamente, Adélia se ocupava:

– Uma solução para um homem tão honrado, hein?

O Tchórtkover não tinha tempo. Os mascates presentes traduziram aquela atitude como se a vontade dele fosse casar sua irmã, a divorciada ou largada, que morava em sua casa. Uma mulher irada e reclamadora, que vivia xingando. No fim, o Tchórtkover mandou sua mulher, a enfeitada e empetecada d. Rebeca ao viúvo.

— Por que o senhor há de ficar sozinho, sr. Luís — disse d. Rebeca, direto, sem rodeios — e ainda ficar na boca dos fofoqueiros, por viver com a empregada morena? Eu sei que é uma mentira. Mas, para que o senhor precisa disso, um judeu tão bom e honrado? Pois é uma vergonha para a colônia toda...

D. Rebeca, percebendo as expressões de Luís, pôs-se a falar com suavidade:

— O senhor precisa de uma esposa judia, que o ajude também nos negócios, não só nas coisas do lar... Não me refiro à minha cunhada, Deus me livre, a divorciada...

Enquanto isso, Adélia trabalhava na cozinha e Luís se alegrou por ela ter encostado a porta intermediária. Ele se contorcia impaciente no sofá. Simplesmente não tinha palavras para aquela dama toda enfeitada, a quem não queria ofender. Sem olhá-la nos olhos, ele só lhe pedia:

— Dona Rebeca... deixe-me em paz... Não invada a dor alheia, eu lhe peço, deixe-me em paz...

Mas não deixaram o viúvo em paz. À tarde apareciam casamenteiros e casamenteiras. Enérgica e exigentemente, como se fossem herdeiros ou credores cobrando uma duplicata vencida. Luís se admirava: morando ele tão longe do bairro judeu, como sabiam eles o seu endereço? Quem os tinha mandado? Sentia que o estavam cercando com uma rede, numa armadilha.

Os olhos do Tchórtkover pulavam com o seu chapéu:

— Precisamos salvar a tempo, de um perigo, o ingênuo e bondoso judeu. Vocês não vêem como ele fala com a empregada escurinha, como se ela fosse igual a ele?

Os ambulantes reunidos, com as costas molhadas dos pacotes, lembrando dos bons tempos da Mina, as limonadas e as duchas, acrescentavam:

– Ela o tem em suas mãos, não percebem?

Uma vez, ao anoitecer, quando a alfaiataria já estava fechada, apareceu novamente d. Rebeca que, sem pedir licença e sem mesmo bater à porta, como era hábito ali, arrastava consigo uma mulher, pessoa avantajada, de bochechas rubras e metida num vestido de seda engomado, como uma folha de flandres.

Sem convite e sem preâmbulos, somente olhando à volta até o forro, sem se apresentar nem sequer dizer seu nome, aquela estranha mulher exigiu:

– Antes de mais nada, tudo deve ser passado para o meu nome. Ao cinema, só de táxi; não faltar às comemorações do *schabat* e aos banquetes! É como estou acostumada!

D. Rebeca concluiu feliz: – É claro!

Luís estava confuso. Assustado, ele não tinha entendido desde o começo, a que banquetes, a que comemorações de *schabat* ela se referia, e o que tinha a ver com ele o fato de "que ela estava acostumada". Aos poucos a língua afiada daquela senhora empetecada passou a diverti-lo. Como sempre, ele também desta vez se controlou e chamou de lado d. Rebeca:

– Queira retirar-se, por favor, e leve consigo, cara vizinha, a sua comadre. Que ela usufrua dos banquetes, das comemorações do *schabat* e de todas as refeições festivas – e acompanhou-as até a porta aberta.

Depois dessa cena, na manhã seguinte, antes mesmo da alfaiataria estar aberta, eis que surge o Tchórtkover. Com as mãos nos bolsos do colete, onde ficavam suas jóias, o chapéu torto como um solidéu prestes a cair, aproximou-se bem do recém-acordado Luís e, num fôlego só esbravejou:

— Ouça-me sr. Luís! Tenho muitos consogros, muito boa gente! Somente um deles, Mendel Brick, como o senhor sabe, é uma exceção. Mendel Brick é um trapaceiro, vigarista, incendiário, um caloteiro. Tudo por causa das cartas! Um sem-vergonha! Mendel Brick tem, no entanto, uma qualidade: chama-se Mendel, e não Manuel ou José ou Cristóvão!

O Tchórtkover martelara aquelas palavras. Seus lábios espumaram e seus olhos soltaram fogo. Luís, de início ensurdecido, começou a entender as palavras e o objetivo do negociante de jóias. Ele fechou a porta da cozinha. Aproximou-se do ofegante Tchórtkover e advertiu-o severamente:

— Meu caro senhor, tome cuidado... o senhor ainda vai pagar um dia um alto preço por tais palavras!

Recuando, o visitante interrompeu-o:

— Eu entendo, ela talvez o tenha em suas mãos, a gentia! Eu tenho para isso um conselho: livrar-se dela rapidamente!...

Luís empalideceu. Uma expressão de dor apertou-lhe os lábios. Conseguiu abrir a porta da cozinha e chamar:

— Adélia, venha cá! Mande embora, já, já, este senhor!

Sem um até logo, o Tchórtkover saiu. Luís sentiu-se abatido e contrariado. Sem forças permaneceu sentado, recordando todas as visitas das senhoras e como ele tremia na armadilha... entre cordas e redes. Se não se decidisse logo, ficaria amarrado. Ele desceu bruscamente para o porão do Froike.

Os feixes de feno escondiam o pequeno Froike, que trabalhava perto da plataforma de colchões. Um raio de sol penetrou, dourando a poeira. Descendo da plataforma, surgiu a cabeça grande de madeixas loiras.

— Luís, que visita! Nenhuma cadeira, nenhuma mesa. Sente-se aqui sobre a pilha de colchões. O que o senhor conta de bom?

O sorriso permaneceu no rosto de Luís. Algo, como uma satisfação aconchegante, despertou nele. Pegou no topete empoeirado de Froike, acariciou seus *peies,* os seus cachos laterais, cheios de algodão, assoprou-lhe a palhinha sobre o nariz largo e olhou diretamente em seus olhos azuis:

– Froike, o que o senhor diria se... se eu fizesse um casamento religioso, um legítimo casamento... com a Adélia? Repetiu o nome um pouco mais alto.

Froike, o solteirão, sentiu calor. Abanou-se, afastando as duas mãos de Luís, que estavam sobre seus *peies.* Sacudiu fortemente as mãos de seu amigo e finalmente assim lhe respondeu:

– O que eu vou dizer? Parabéns, *Mazl-tov* é o que eu vou dizer! Muita sorte e alegria!

Ecos do Holocausto

NOTÍCIAS DA EUROPA

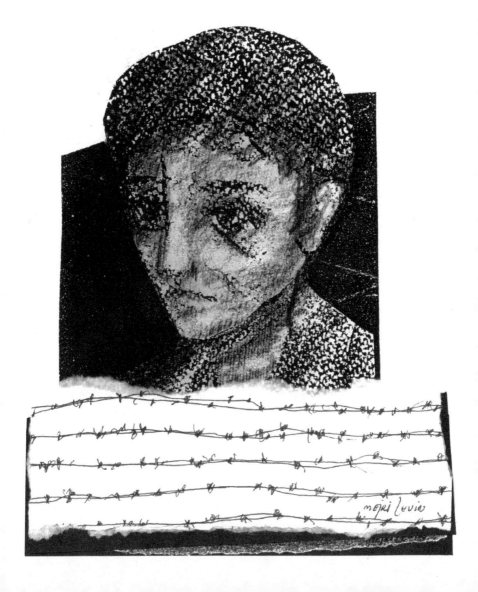

A PRÉDICA

Tradução ESTHER W. TERDIMAN

ENTÃO, NOVAMENTE: – Onde o senhor trabalha? O senhor tem muitos fregueses? E quem lhe dá crédito? Que comerciantes? Ah!... Quem? Koslovsky? Venha amanhã, jovem...

Para Moische Bialobieski já eram, na verdade, insuportáveis, essas perguntas insistentes sobre seu comércio ambulante, seu *klaperai*, essa pressão por parte dos negociantes da José Paulino. Apesar disso, percebia que a eles importa mais sua honestidade do que a sua real situação econômica. Mas o que significava para os comerciantes em geral, e para os da Bessarábia, em particular, "honestidade"?

Os poloneses resolviam simplesmente: interrogavam, por meio de seus empregados, se seus fregueses, os ambulantes, jogavam bilhar. Coitado daquele que fosse encontrado parado perto da grande mesa verde, no bar, com ou sem o taco. Já não teria crédito.

Com os bessarabianos era mais complicado.

Às vezes, "honestidade" estava ligada à pontualidade de pagamento; outras vezes ao fato de que não pertencia "àquelas famílias de poloneses", com a conhecida insinuação...

É que, apesar de já terem se aquietado as impiedosas expulsões dos rufiões, das polacas e os últimos estarem completamente isolados da coletividade, como uma peste – ainda se nutriam suspeitas sobre cada novo polonês. Mas os comerciantes da Bessarábia, a maioria da José Paulino, nada podiam objetar contra Moische. Ele tinha por hábito aparecer nas lojas, nas horas antes do anoitecer, para organizar as encomendas, os pedidos: costumava emanar dele o sol escaldante que o queimava o dia inteiro, como se o seu corpo o armazenasse e irradiasse novamente.

Enquanto ficava parado no balcão da loja, era como se a portinhola do forno fosse aberta. Seu rosto claro parecia uma chaga; vivia com o nariz descascado, mais vermelho que seu rosto quente.

Esses eram bons sintomas – um jovem gringo, num verão escaldante, esforçando-se para chegar a algo, para subir na vida. Mais de um comerciante, agora já estabelecido, costumava lembrar-se de seu passado recente, quando mascateava com o pacote, como agora o polonês. Também o jeitão de Moische Bialobieski, sua calça de tecido barato e tosco e seu grosseiro sapato, expulsavam qualquer dúvida quanto a ele: um mascate diligente e correto.

Moische precisava desse pouco crédito para sobreviver. Tinha vindo para cá, para o Brasil, pobre, sem nada, sem um tostão no bolso; a passagem de navio, que amigos lhe compraram, ele precisava reembolsar e não tinha com que começar. O trabalho mal lhe permitia manter-se e nunca teria condições de trazer para cá sua esposa e filho, que ele havia deixado na Polônia. A alternativa era seguir os conselhos que todos lhe davam e que ele já tinha ouvido no navio: mascatear!

Na verdade era-lhe odioso esse tipo de subsistência, mas a vergonha não era pessoal. Ele não tinha vergonha por si mesmo, mas por todos os outros e, conseqüentemente, isso fazia desaparecer o sentimento da própria vergonha. Ao contrário, sofria quando ouvia de alguns: – Eu não consigo ser um *klaper,* um mascate. Via nisso um tipo de hipocrisia, algo que fugia das obrigações de sua comunidade. Era-lhe repugnante.

Mas uma coisa estragou seu destino e tumultuou os fundamentos dos critérios dos comerciantes em relação a ele: tinham percebido que ele, Moische Bialobieski, carregava freqüentemente um livro sob o braço. Ele costumava levar esse livro apertado embaixo do braço, sob as axilas, para que não desse muito na vista; mas, para os desconfiados e questionadores olhares dos fabricantes de roupas feitas, geralmente os bessarabianos, esse livro não passava despercebido.

Os judeus da Bessarábia não detestavam livros. Deus os livre, ainda mais em ídiche! Provavelmente, em suas moradias, existiam pequenas bibliotecas, como costumava acontecer com gente honrada. Mas não estava em seu estilo carregar livros consigo, à toa. Cada judeu da Bessarábia era sócio de uma sociedade beneficente como Ezra, Linat Hatsedek, ou da sinagoga que eles, os da Bessarábia, tinham sido os primeiros a construir, assim que houve um *minian,* um quórum de dez, na coletividade. Cada comerciante tinha sobre a mesa, na loja, um bom jornal ídiche do Rio, que um bessarabiano redigia.

O único livro que costumava ficar na loja de um bessarabiano era uma obra de um rabino local, que os eles haviam trazido de Securon. Um livro que continha necrológios; bênçãos e felicitações para festas de *Bar-mitzvás,* casamentos e lembranças de acontecimentos familiares de conterrâneos.

O livro do polonês, meio escondido, desorientava os comerciantes. De um lado, o rosto queimado, descascado, que lhes lembrava um judeu que lutava braço a braço, coitado, por sua sobrevivência e era um preceito sagrado ajudá-lo; por outro lado, o livro que fazia lembrar o mundo estranho dos poloneses, com seus novos transtornos, a política, os partidos e suas brigas! Uns da direita, outros da esquerda.

Mal havia terminado o triste capítulo dos rufiões e das polacas que os bessarabianos acreditavam ter-se espalhado apenas pelos poloneses, estes últimos causavam novos problemas para a comunidade: eles inundavam os lares judeus com panfletos políticos de esquerda, com agitações heréticas, com clubes e bibliotecas. Tomara que isso não acabasse prejudicando todo o povo de Israel. Assim, deram ao gringo Moishe Bialobieski algum crédito, com mãos trêmulas.

O próprio Moische não entendia claramente a hesitação dos comerciantes, apesar de sentir que o livro tinha algo a ver com isso. Por essa razão, ele costumava agarrar-se ao livro intencionalmente, querendo mostrar que, apesar de carregar um pacote e mascatear, mendigando e se humilhando diante das portas fechadas de gente estranha, com supostas propostas comerciais, mas essencialmente com um tom de súplica, não renegara seu passado, mantendo sua linha de pensamento.

Agora ele entendia o sentido do versículo da Bíblia, que diz que um devedor é prisioneiro do seu credor (Provérbios 22,7), mas deve haver um limite. Tinham os judeus a mínima idéia de seu passado? Era uma bobagem: ele não iria proclamar nas ruas e gritar "Eu sou Schloime"[1]; ele era uma figura conhecida na Polônia judaica, dirigia a juventude, ensinava, incutia neles ideais, sonhos; poderia desprezar tudo isso, simplesmente porque, para se sustentar, ele precisara trocar a Polônia pelo Brasil?

O livro sob o braço era o silente e secreto sinal de seu passado, do seu eu. Era um tipo de bandeira em relação ao mundo

---

1. *Eu sou Schlome**-refere –se ao Rei Salomão na Bíblia.Existe uma lenda a respeito do Rei, que foi raptado para um país estrangeiro onde ninguém o conhecia, portanto não podia dizer:"*Eu sou Schloime o Rei*", ninguém ia acreditar.

materialista do judeu brasileiro, em geral da Bessarábia, de Volínia e da Lituânia.

Ele não entrava em conversas com seus fornecedores e eles de modo algum compreendiam: para que esse judeu vermelho do sol, com sua roupa gasta e desbotada, precisava misturar seus pacotes, que eram seu sustento, com... com um livro?

* * *

Quando aqui chegaram os gritos de dor dos judeus europeus, a José Paulino, no Bom Retiro, estremeceu: os bessarabianos, de repente, esqueceram suas diferenças com os poloneses. Todos se recolhiam à sinagoga para os necrológios e os protestos. Enquanto isso, os clubes radicais dos poloneses se davam conta de que não era o momento dos clubes, mas sim, da sinagoga.

Os judeus bem estabelecidos, na maioria bessarabianos, relembraram os velhos e conhecidos versículos dos salmos, na oração para os mortos, *El male Rakhamim,* e o *Kadisch* coletivo. Para a prédica, eles delegaram aos poloneses escolher o orador.

Então, entre o pessoal dos clubes poloneses, ficou decidido que Moische Bialobieski falaria. Os nomes das comunidades que eram citados nos telegramas vinham distorcidos e confusos, na língua dos respectivos países de origem e ele os tinha decifrado. Conhecia essas comunidades como seus dez dedos. Elas lhe eram familiares, como se nunca as tivesse abandonado. Na verdade, em pensamento, nunca as havia deixado. Quando a imprensa brasileira lembrou os nomes geográficos oficiais, pela pronúncia polonesa, as *kehilot,* as comunidades judaicas, vieram-lhe à mente, assim como seus representantes, que ele conhecia, e a importância de cada dirigente da respectiva comunidade, com suas particularidades que a tornavam famosa agora e no curso da história.

Quando o polonês Moische Bialobieski se postou no púlpito, voltado para o auditório, a sua face rubra descascada, de aldeão gentio, destoava da tristeza reinante naquela solenidade que parecia ter-se transformado numa noite de *Kol-Nidrei,* a oração de *Iom Kipur,* o Dia do Perdão.

Os negociantes influentes do Bom Retiro judaico, nas mãos dos quais estavam os trabalhadores ambulantes, os *klapers,* olhando o grosseiro, queimado e machucado rosto do polonês, sentiram-se como que ofendidos pelo fato de que um sujeito daqueles fosse falar por eles e ser seu representante. Sentiram-se de repente, diminuídos.

– Logo ele vai falar? – perguntavam-se pasmos.

O gringo começou traduzindo o significado literal dos telegramas:

– Não é uma destruição de cidades polonesas, mas de antigas comunidades judaicas.

Ele citava lugares, lembrava a importância dos antepassados, desenrolava para o público, que se espremia, toda a história do aniquilamento dos judeus. Conclamou-os para a ação, para que não se paralisassem somente nos sagrados versículos, mas bradassem nas ruas, virassem mundos, acordassem a consciência de seus vizinhos. Salvassem aqueles que ainda não tinham sido queimados.

Era como se os gritos das vítimas fossem ouvidos ali, como se as chamas da casa judia que ardia estivessem ali, como se o *Shmá Israel,* Ouve, ó Deus, fendesse os céus do Brasil.

* * *

No dia seguinte Moische foi, como sempre, para a José Paulino, com os pacotes e o livro.

Chegou como se fosse um herói, apesar de não ser a ocasião

de se exibir. Na sua velha terra, com certeza, ele não se exibiria. Mas aqui, onde ninguém o conhecia e onde cada um o julgava pelo seu aspecto exterior, pela sua roupa, e onde ele estava nas mãos de alguns comerciantes, que lhe concediam com mãos vacilantes um pouco de crédito, um pacote por mês, um sentido interior o empurrava para se pôr em evidência.

De propósito, como se tivesse um pretexto, foi de loja em loja. Os comerciantes apertavam-lhe as mãos, batiam-lhe nas costas, balbuciavam os cumprimentos: não sabiam de suas qualidades.

– Pois é, agora temos quem fale por nós – cumprimentos como estes ou parecidos eram-lhe atirados, e os comerciantes, tanto os bessarabianos como os poloneses, ao mesmo tempo, olhavam avidamente os pacotes.

– De qualquer modo, o senhor não continuará a ser um mascate. Uma pessoa com tal conhecimento, tão culto, não deve andar com pacotes – disse um comerciante que tomou coragem e mirou Moische no rosto descascado.

Enquanto isso, o comerciante pensava: "É preciso salvar o possível. Não se pressente o fim do jovem? Ele só pensa em livros, pode fazer prédicas; um fulano como ele irá mascatear e pagar a dívida?"

Um outro, exatamente um polonês, secamente lhe jogou na cara, depois de parabenizá-lo: – O senhor fará cartões literários de caloteiros – e, tirando-lhe o pacote, acrescentou: – Desista de mascatear. Torne-se um professor, um mestre-escola.

E Moische perdeu o pouco de crédito que ainda lhe restava.

MITZVES, BOAS AÇÕES

Tradução MEIRI LEVIN

A SOCIEDADE dos Antigos Moradores da Cidade de Scheradz (Polônia) estava esperando pela vinda de seus conterrâneos. A guerra tinha terminado havia muito tempo e, até então, não se ouvira falar dos *scheradzers*[1]. Na reunião do comitê, o Presidente estendia sobre a mesa longas listas de judeus, sobreviventes dos campos de concentração, mas, entre os que voltaram, não se encontrava nenhum dos moradores de Scheradz.

O presidente dos *scheradzers,* de brilhante figura, era um homem alto, de ombros largos, louro, olhos alegres e bondosos, um pouco zombeteiros. Ele era o rei dos *scheradzers*. Em sua cidade natal fora alfaiate, mas aqui, sem ter sequer se sentado a uma máquina de costura, montara uma fábrica de confecção de roupas masculinas, artigos de primeira qualidade. As passadeiras e as bordadeiras brasileiras davam tudo por ele, cercando-o sempre nas oficinas, enquanto os seus concorrentes andavam sempre à procura de alguma auxiliar, de alguma arrematadeira. A sorte lhe sorrira e fora coroado pelos *scheradzers* como o seu presidente.

Não era má pessoa, apesar de sempre se sair com um evasivo "vamos ver..." Quando seus concidadãos vinham a ele para pedir

---

1. *Scheradzers*: os originários da cidade de Scheradz.

um favor, um empréstimo especial ou assinar um endosso no banco, ele tinha a sua resposta: "Vamos ver..."

Para os outros *scheradzers*, felizmente nada faltava: já não eram gringos, haviam se saído razoavelmente nos negócios, tinham casas próprias, lojas e até automóveis. Mas Mekhl, o presidente, havia superado a todos.

* * *

Começaram a aparecer em São Paulo alguns judeus, sobreviventes da Segunda Guerra, de diferentes cidades e países. Poucos, é verdade, mas as diversas associações de concidadãos já tinham com que se ocupar. De Scheradz, porém, não havia chegado ninguém. Por fim chegou uma única família: Iossl, sua mulher e dois meninos.

Tinham sido provisoriamente abrigados pelo JOINT – associação judaico-americana que cuidava dos sobreviventes da guerra. Assim que o Presidente Mekhl soube da vinda de Iossl, convidara todos os *scheradzers* para a sua casa, um bonito e espaçoso palacete, e fora buscar de carro Iossl e sua família.

Quando Iossl chegou com sua mulher, assustada e semimuda, e seus dois filhos, meninos calados, que tinham esquecido a própria língua naqueles estábulos poloneses, os *scheradzers*, empurrando-se, investiram de todos os lados para cima deles. Perguntaram sobre suas famílias, irmãos e irmãs, pais e mães, tocando-os e apalpando-os até à exaustão. Quando se inteiraram de toda a verdade, que não havia sobreviventes, esfriaram de repente, como se os recém-chegados tivessem alguma culpa.

Depois do jantar, o anfitrião e organizador do banquete, o Presidente Mekhl, se levantou e encaminhou Iossl e sua família para o jardim da casa. Levando-os por uma pequena aléia, acomodou-os no automóvel e dirigiu-se para a nova pensão, somente para eles, separados dos demais sobreviventes, longe dos outros. Cochichou algo para o porteiro e, enfiando na mão de Iossl algumas notas, acrescentou:

— Por duas semanas pelo menos você terá como encher a panela e depois... vamos ver...

* * *

Quando Mekhl partiu, um mal-estar envolveu o apertado quartinho da pensão. Reinava um ar pesado, como o da delegacia de polícia de Scheradz. Sara, a mulher de Iossl, tinha a sensação de estar novamente naqueles estábulos escuros. Por fim ela se recompôs e murmurou:

— Por quê? Ai de mim... para quem?

Num relance, Iossl relembrou toda a sua vida passada em Scheradz: movia mundos, atraía os artesãos, discutia com o encarregado do Conselho da Comunidade, conseguira até um adiantamento para o primeiro pacote de couro, e convencera aquele pessoal todo a organizar uma cooperativa. Com muito esforço tinha conseguido ferramentas e máquinas. Tudo isto sem comer, sem dormir, sem descansar...

Depois, ocorrera a partida dos primeiros *scheradzers* para o Brasil. Ele próprio tinha organizado um banquete de despedida, desejando ao Mekhl, que era um deles, um futuro feliz... Brrrr... Tremeu, como se lhe tivessem dado um banho de água gelada. Sentia-se envergonhado perante a mulher e os dois filhos...

Será que não se lembravam mais dele? Pois não fora ele quem tinha organizado a Cooperativa dos Sapateiros, animando com sua energia os desanimados sapateiros e fabricantes de polainas, reavivando toda a cidade? Teria ele de lembrar-lhes tudo isso agora?

* * *

Passaram-se duas semanas e o presidente convidou de novo à sua casa todos os conterrâneos, e trouxe Iossl e sua família. Sara, a mulher de Iossl, magra e seca, após os anos de perambulação por estábulos com seus dois filhos (o terceiro que havia sido arrastado pelos alemães para algum campo de concentração nunca mais voltara), não conseguia controlar os olhos, que saltavam de um modo nervoso e inquieto, como movidos por um motor. Neles podia-se vislumbrar um reflexo de pavor, de medo da morte.

Depois de duas semanas passadas na pensão, ela se encontrava ainda mais perturbada do que no início, quando havia ultrapassado a soleira da casa do presidente. Ela murmurava:

– Iossl ficou escondido lá em cima, no sótão, semanas e anos no sótão.

Sentada numa cadeira, ela se balançava, como se rezasse, e cantarolava num tom de lamento:

– Ele no sótão, e eu com as crianças no estábulo... levaram o pequeno Khaim embora...

Aos poucos os conterrâneos foram chegando. Eles não se sentiam nem um pouco constrangidos em relação à Iossl, com o luxo e a riqueza que emanavam de seus rostos. Nem tampouco com a exagerada exibição dos móveis, enfeites e tapetes do palacete do presidente, coisas nunca vistas nem nas casas dos antigos nababos de Scheradz.

Iossl e sua família ficaram sentados em um canto. A reunião começou. No início trocavam segredos baixinho para que Iossl não os ouvisse. Mais tarde os cochichos viraram conversas e pouco a pouco todos passaram a falar cada vez mais alto, até gritarem.

A mulher de Iossl, rosto afogueado, cadavérico, espichou as orelhas, sentindo o perigo, como antigamente na aldeia, entre os camponeses.

– E quem ajudou a nós? Se formos montar-lhe uma oficina, ele vai querer um negócio no centro, perto de nós. E por quê não? – expressou-se com um floreio de voz a esposa do presidente, e as outras mulheres apoiaram satisfeitas.

Mekhl, jogando sobre a mesa as despesas que tivera com o hotel de Iossl, disse: – Metade eu cubro do meu próprio bolso, o restante, ponham a mão no bolso, afinal de contas, vocês também fazem parte dos *scheradzers*! – Pechinchavam e negociavam, não se envergonhando perante os sobreviventes. Por fim juntaram algum dinheiro, o suficiente para os móveis – mesa, quatro cadeiras e duas camas – e também para uma oficina de sapateiros, apesar de Iossl nunca ter sido sapateiro. Mas a esse respeito ninguém lhe pediu opinião.

A mulher de Iossl ouvia tudo calada. Bruscamente ela se levantou. Seus olhos ficaram como que paralisados e ela desandou a gritar histericamente:

– Sim, nós sabemos quem vocês são, suas fofoqueiras! Vocês não perderam nem um minuto! Nós arriscamos nossas vidas... Seus irmãos e irmãs foram queimados... eles se foram com a fumaça, com a fumaça...

Os olhos, grandes e inquietos, olhos sobrenaturais, encravados nas órbitas, soltavam faíscas de ódio sobre as mulheres de Scheradz que, durante o tempo todo, não paravam de mastigar as guloseimas e as frutas que estavam sobre a mesa. Os dois filhos dela permaneceram sentados, imóveis, sem compreender por que a mãe gritava tanto. Nem mesmo com as crianças de Scheradz eles conseguiam se entender: nas aldeias haviam se esquecido da língua ídiche. Ficaram parados atrás da mãe, com olhos esbugalhados, observando; atrás deles, as outras crianças dos *scheradzers*, alegres e bem vestidas, caçoavam deles.

Mekhl fez um sinal para as crianças:

– Não sejam malcriadas! – Levantou-se, fez um brinde e desejou ao Iossl boa sorte em sua nova pátria e em seu novo negócio. Colocou à sua frente uma nota de quinhentos e disse:

– Isto é da minha parte, o resto, vamos ver...!

* * *

Ficou decidido entre os *scheradzers* que Iossl seria sapateiro, pois em Scheradz ele havia batalhado pela Cooperativa dos Sapateiros e tivera muito contato com os artesãos.

Eles próprios tinham sido mascates, mas agora, já estabelecidos, havia alguma coisa que os constrangia e impedia de deixar que o tão conceituado e atuante Iossl andasse pelas ruas mascateando.

A mulher de Mekhl disse bem claro e de maneira cortante:

– A melhor coisa a fazer é mantê-lo bem longe de nós, o mais longe possível, para que ele não possa vir bater em nossas portas, fuçando nossas casas, invejando-nos. Para falar a verdade, eu tenho medo deles. Sabe-se lá se eles não se tornaram perigosos, depois de tanto tempo naquelas aldeias. Vocês viram a cena que ela fez?!

O rei Mekhl, o presidente, procurou entre as ruas da periferia de São Paulo uma pequena casa para moradia e, em outra ruela, um pouco mais movimentada, uma pequena loja, onde colocou uma cadeira de sapateiro, todas as prateleiras, as ferramentas necessárias e disse:

– Iossl, você agora tem a faca e o pão. Já é tempo de você sossegar e viver sem medo. O resto... vamos ver...!

A mulher de Iossl tinha ficado na casa recém-alugada, grande, vazia, paredes nuas, o assoalho com tábuas que rangiam ao pisar. Ainda não havia instalação elétrica e estava escuro como breu. Caía uma chuva torrencial. Iossl fora à nova oficina com o presidente. Os dois meninos começaram a chorar. A mãe lembrava-se das noites de chuva, aquelas noites escuras em que ficava escondida nos buracos, nos estábulos. Os meninos a puxaram, queriam fugir da casa. Ela procurou um lugar para se apoiar. Junto à porta aberta, sentiu-se atordoada e caiu. Pouco depois, Iossl voltou para casa. Encontrou a mulher soluçando, com os dois filhos, que também choravam.

* * *

A sapataria não teve sucesso, apesar de não faltarem sapatos para consertar. Iossl não se deu bem com aquele tipo de trabalho. A faca não cortava o couro, mas sim sua mão, aquela mão abandonada, distante, enfraquecida, torta, aleijada. Mão que não servia para mais nada.

Mekhl, o presidente, aparecia às vezes, inesperadamente, ainda que por pouco tempo, sempre com pressa:

– Iossl, aqui temos que nos adaptar, aqui não é Scheradz, não é como antigamente. Mas depois mandava um pacote com alimentos, carvão e sabão.

Essas visitas rareavam cada vez mais, até que por fim os *scheradzers* deixaram de aparecer. Em lugar deles apareciam vizinhos judeus, mulheres que tinham vindo da Bessarábia e que moravam por aqueles lados.

No começo, Sara, assustada, não conseguia compreender o que as mulheres falavam, mas ficou comovida quando estenderam sobre a mesa uma toalha de presente e colocaram tabuleiros com biscoitos. Sara foi se acostumando cada vez mais a elas; os meninos, que começavam a absorver algumas palavras do português, já respondiam às perguntas, e foi assim que essas mulheres bessarabianas foram se aproximando cada vez mais. Sara ia se acalmando e seus tiques diminuíam.

Certo dia veio uma das vizinhas e disse num tom carinhoso:

— Pegue esta cesta, meu bem, nós vamos à feira.

E jogou dentro da cesta algumas notas. Uma empregada de cor as seguia. As duas mulheres compraram muitas coisas gostosas, e os meninos, muito alegres, carregaram para casa a nova cesta da mãe, grande, abarrotada de frutas e verduras. Sara quase chorou de tanta alegria.

— Meu bem — disse a vizinha —, abandonem essa sapataria, isso não é para vocês. Vocês não vão chegar a lugar algum, vão continuar esfomeados. Dá pena ver seu marido tão esgotado, e os meninos...

Após o almoço a mulher voltou, e, como sempre, não de mãos vazias. Era véspera de *schabat*. Sara havia se esquecido completamente, não se dando conta de onde estava, que dia era. A vizinha estendeu novamente a toalha e tirou do pacote que trouxera dois castiçais com velas para o *schabat,* duas *khales,* os pães trançados, fresquinhos, brilhantes e dourados, e uma travessa de *guefilte fisch,* o peixe recheado à maneira tradicional judaica, tudo para celebrar o *schabat.*

— Seja uma boa esposa para seu marido e uma mãe dedicada para seus filhos, e conte conosco — disse a vizinha. — Hoje é véspera de *schabat*, venha à minha casa com as crianças para tomar um bom banho — um chuveiro bem quentinho. Sinto que seus filhos são como se fossem meus. Você sabe, eu não tive essa sorte...

Sara ganhou peso, e seus olhos já não pareciam tão afundados nas órbitas. Um leve sorriso começou a aparecer-lhe na face avermelhada e endurecida. Pouco a pouco ela começou a entender algumas palavras em português; os meninos já não implicavam com suas manias; eles acordavam cedo e, ao lado da mãe, olhavam com admiração para as montanhas que apareciam por entre as nuvens, bem ao longe. Costumavam caminhar calmos pelas ruelas sossegadas e, a cada vez, descobriam uma nova fruta, uma nova flor, uma nova planta.

Sara percebeu que não poderia deixar tudo por conta de Iossl. Ele não era mais o Iossl de antigamente. À noite, voltava para casa calado, deprimido, era difícil arrancar-lhe alguma palavra.

Sara fechou a oficina e por uma ninharia vendeu todas as coisas, inclusive as ferramentas. Hesitava se deveria ou não devolver para os *scheradzers* o dinheiro recebido.

– Meu bem, deixe isto para lá, eles queriam ajudar! – tranqüilizou-a a vizinha.

Chegou aos ouvidos dos *scheradzers* que a sapataria do Iossl estava fechada. Mekhl, *o* presidente, apareceu correndo. Foi logo se queixando:

– Esta sapataria me custou muito dinheiro. É uma vergonha que alguém tão importante como o Iossl tenha agora que andar pelas ruas carregando pacotes. Vamos ver...!

Domingo à tarde, a tal vizinha *bessaraber* apareceu com o marido, que carregava um saco bem grande, repleto de mercadorias, uma loja completa. O bessarabiano, com sua voz calma, falando baixinho, pois não queria acordar o Iossl que dormia, explicou a Sara como organizar o negócio, quais os lugares aonde deveria ir e para quem não deveria vender.

– A primeira semana – ouviu, Regina? – você deve ir com ela para traduzir tudo e cuidar bem de tudo. Não se deve desperdiçar nenhum tostão. Queira Deus, eles tirem bastante proveito desta nossa *mitzve*, amém!, disse ele para a esposa e, voltando-se para Sara, explicou: – Eu estou simplesmente pagando a vocês uma dívida antiga, pois anos atrás também recebi ajuda de outros judeus. Que vocês tenham sorte, e que seu marido se recupere logo. Ah, se eu pudesse ter também (neste momento, olhando para os dois meninos de Sara, deu-lhes uma piscadela) dois rapazes, como os seus, ou pelo menos um, meu Deus do céu! Que você os crie com prazer e alegria, vizinha!

A mulher de Iossl olhou para o pacote espalhado, para o marido adormecido, tão pálido, para os seus dois filhos, e as lágrimas deslizaram-lhe pelas faces...

O TIO

Tradução ESTHER TERDIMAN

MOISCHE WOLF não foi se deitar: reclinou-se vestido. Mesmo assim ele não pregava olho. O sono não chegava. A mulher resmungava. Torturava-o com perguntas, com queixas. Eles pretendiam tomar o primeiro trem da manhã para Santos, para o porto, para o navio que trazia Iossl, o filho do cunhado de Moische Wolf. O navio chegaria de madrugada. Moische Wolf queria viajar sozinho, sem a mulher; mas ela, desaforadamente, queria ir junto, dar uma espiada no jovem. Seu primeiro olhar lhe permitiria ver se ele servia ou não para sua única filha.

As palavras da mulher espicaçavam o marido. Não havia sido por isso que ele movera mundos no comitê a fim de trazer o filho do irmão da mulher, o sobrinho, para que ele se tornasse seu herdeiro. Pois não se sabia se era gente, esse Iossl. – "Eu labutei pesada e amargamente até conseguir conquistar uma certa posição social e uns poucos bens; encharcado de suor, anos e anos, eu não vou entregar" – queria dizer: a um completo estranho, mas se conteve – "meu trabalho tão facilmente para alguém e, ainda mais, aceitá-lo como genro".

E, não visando à mulher, mas simplesmente monologando, ele continuava:

– "Iossl é realmente o filho do meu competente cunhado, um homem de boa família e um erudito, a quem devoto o maior respeito. Mas sabe-se lá a quem ele saiu? Quem saberá o que ele viveu nos últimos anos, o que ele presenciou, como vagueou pelos campos de concentração, pelo gueto, tendo centenas de vezes a morte diante dos olhos?"

Como todos os judeus, também Moische sentia uma grande compaixão pelos irmãos sobreviventes. Ajudá-los era um dever. Na sua sinagoga, onde ele rezava todos os sábados, o rabino discorria sobre a piedade: "Judeus piedosos, filhos de piedosos". Na reunião de luto, à qual ele não faltava, arrebatavam-se os oradores, a tal ponto que até uma pedra ficaria sensibilizada.

– "Eu realmente fiz a minha parte: trouxe-o para o Brasil; e não custou pouco. Mas permitir a entrada de um jovem estranho, que não vi crescer?"

Moische Wolf não queria que algo mudasse em sua casa, que um novo personagem se intrometesse em sua rotina, seus negócios, que só ele entendia deles. Ele ia mesmo erguer o rapaz! – Mas não junto dele, somente lá fora...

Ali estava a filha, que enchia a casa e precisava de um noivo, se não hoje, amanhã. Tem tempo! Tem tempo! Que idade tem a moçoila? Dezoito anos?

A mulher não o deixava ficar absorto nesses pensamentos. Não parava de tagarelar:

– Que é que você pensa? Que estamos na velha pátria, onde uma moça não se casava logo, namorava um rapaz, andava com ele anos e anos, e papai e mamãe a tinham sob seus olhos, cuidavam dela a cada passo, mesmo nas ruelas mais afastadas da cidadezinha do *schtetl*? Aqui é Brasil, aqui arde um fogo... Aqui não se pode soltar uma moça sozinha um minuto sequer; minha cabeça estoura às vezes, porque trancá-la também não se pode!

E acrescentou impetuosamente:

– Moische Wolf, nossa filha Basche precisa, enfim, de um noivo, você me ouviu?

A mulher criara coragem. Moische Wolf ficou paralisado, mudo, e não a interrompeu como era seu hábito. Vestindo-se, ela se comoveu com seu próprio discurso e disse chorosa:

– É o único sobrevivente do meu irmão caçula, a coroa da família, o bom estudante... Dos outros irmãos e irmãs não há vestígios, nem sepultura, nem cinzas...

Moische Wolf deu um pulo, como que escaldado, e postando-se diante da mulher ameaçou-a:

– Já está começando! Olha, eu te deixo aqui e vou sozinho para o trem! Que é que você quer mais de mim? Virei mundos, procurei, percorri lugares, torci os pés, não economizei dinheiro, até que, com privações e sofrimentos, o trouxemos e você já quer, neste exato minuto, fabricar um genro?

Obstinados, cada um fechado no seu estado de ânimo, eles escancararam a porta e se lançaram na noite escura para a estação.

* * *

Quando Moische Wolf e a mulher voltaram de Santos com o sobrinho, parecia que estavam voltando de uma feira. Excitados e perturbados, fecharam a porta com o ferrolho, para que os vizinhos não os aborrecessem com todos os tipos de perguntas. Como um bezerrinho, eles trouxeram Iossl, que ficou parado no meio da casa como se estivesse atado.

Iossl era um jovem de ossos salientes, a pele esticada sobre as faces, crânio vermelho descascado, nariz estreito e ossudo, que ardia úmido, como se estivesse num inverno gelado; tinha a boca aberta como alguém que se preparasse para falar muito

– mas todas as suas palavras se esgarçavam, ficavam suspensas no ar.

Do jovem saía um odor envelhecido de campo de concentração. Os andrajos que vestia como que contavam do trabalho de "desinfecção", dos vapores dos barracões, de alguém que se apresentava para o serviço militar.

De repente arregaçou a manga do paletó e mostrou com a mão enegrecida:

– O número tatuado no campo de concentração. Tomara que vão para o diabo que os carregue!

Sem ser percebida por ninguém, surgiu de repente a filha única, Basche. Correu para a mãe e, com compaixão mesclada de medo, como se tivesse sido acordada de um sono, olhava para a manga arregaçada, a mão enegrecida e o número no braço.

Iossl ficou imobilizado com a praga nos lábios.

Moische Wolf rapidamente se recuperou da agonia recém-despertada e ordenou à mulher:

– Por que você está demorando? Leve Iossl ao banheiro, vista-o como gente e queime todos os seus trapos. Mostre-lhe o quarto, e você, Basche, vá para suas aulas!

* * *

Algumas semanas depois, quando Iossl já acumulara um pouco de carne sobre os ossos e começara a entender um pouco do idioma, Moische Wolf levou o sobrinho às lojas do Bom Retiro. Ele o preveniu para que não contasse muito daquilo que vivenciara para os comerciantes das lojas, se eles o interrogassem.

– Eles sabem tudo melhor que você – acrescentou.

Moische Wolf tinha um bom nome entre os comerciantes e muito crédito. Um *klaper*, ambulante, já havia alguns anos, eles ainda se lembravam de como ele carregava os colchões sobre a cabeça; mais tarde empurrava uma carroça com colchões e cobertores, e depois, então, objetos mais delicados, até que conseguira uma grande freguesia.

– Que você seja como seu tio – auguravam ao recém-emigrado, o gringo. – Se você trabalhar como Moische Wolf, você progredirá. Esqueça tudo!

Iossl, com as mãos deformadas pelos pesados trabalhos forçados no campo de concentração, com o número tatuado no braço, não entendia claramente nem o que eles chamavam "pegar no batente", nem o que queria dizer "progredir", apesar de o tio falar e resmungar, desde o primeiro minuto, essas palavras.

Moische Wolf começou a levá-lo consigo "ao lugar", para ensiná-lo a negociar, mostrando-lhe como se vende à prestação. Como se reconhece quem é caloteiro e como se registram os fregueses nos cartões para, no mês seguinte, poder localizá-los facilmente e não se perder no caminho.

Após Moische Wolf ter carregado Iossl por duas semanas, ele o acordou uma manhã, muito cedo, quando Basche já havia ido para a escola, e levou-o ao quarto dela.

Guiando sua mão sobre um grande e colorido mapa do Brasil, na parede, Moische Wolf, como que dividindo uma grande propriedade, uma herança, disse para Iossl:

– Você pode escolher, então, um lugar onde negociar. O Brasil é grande. De cima, pelos portos, onde seu navio passou, até lá embaixo, na fronteira com a Argentina... Um grande país, o Brasil... Eu te preparei um pacote decente, muito caro; eu não tinha nem a metade, quando comecei. Eu comecei carregando colchões; eu não tinha um tio...

E falando mais para o mapa do que para Iossl, o sobrinho, Moische Wolf terminou:

– Aqui é Brasil. No Brasil cada um é como quer; se a gente

quer, a gente é um tio, se não quer, não se comporta como um tio. Você está ouvindo, Iossl? Então pegue esse pacote grande, pelo qual eu paguei; você não precisa me devolver o dinheiro. Mas um segundo pacote eu não vou te dar.

Iossl, com as pernas bem abertas, a ossuda face em chamas e o olhar vago, olhava sem entender para o pacote, como para um cadáver. Lembrou-se do chicote, no campo de concentração, que silvava como as palavras do tio: "No Brasil se a gente quer, a gente é um tio, se não quer, não se comporta como um tio..."

Memórias daqueles Tempos

SCHULAMIS
(UMA RECORDAÇÃO)

Tradução RAQUEL SCHAFIR

JÁ FAZ ALGUM tempo que eu parei da dar aulas no Seminário de Professores de São Paulo[1], e já se tornaram confusas na minha lembrança as silhuetas das alunas. Somente uma, com seus grandes e redondos olhos pretos, cheios de tristeza e saudade, ficou-me gravada na memória.

Chamava-se Maria, nome que também é comum entre as crianças judias no Brasil. Ela vinha estudar no seminário, do muito distante bairro de Pinheiros. Nunca faltou às minhas aulas. Silenciosa, como que um pouco isolada, costumava ajeitar-se na carteira apertada, preparada para absorver a lição. Seus olhos brilhavam com uma longínqua tristeza, como se quisessem se afastar das alegres conversas ao redor – era o que me parecia.

Seu sobrenome eu não sabia. Assim como não sabia o sobrenome de nenhuma das outras alunas (havia apenas meninas naquela classe). O motivo era simples: ao todo, minha hora-aula de ídiche durava quarenta e cinco minutos. Se eu fosse, como mandava o regulamento, chamar no começo da aula cada aluna pelo sobrenome, isso me tomaria uns dez minutos.

---

1. O seminário*- refere –se ao Colégio Hebraico Brasileiro Renascença, em São Paulo, no bairro de Bom Retiro.

No meu programa de literatura ídiche, eu incluíra o *Schir Haschirim*, o *Cântico dos Cânticos*, de Scholem-Aleikhem. Afora outros motivos para tal inclusão, tratava-se de uma tentativa pedagógica para refrear a classe irrequieta, que geralmente não suportava as minhas aulas de ídiche: as alunas viam nessas aulas uma espécie de crítica constante à experiência judaica na Diáspora, e não se sensibilizavam com a descrição da vida nas cidades da Europa Oriental nem com a sua crítica. Ainda que se tratasse de I. L. Peretz, Scholem Aleikhem ou Asch, os grandes escritores da literatura ídiche, em nenhum caso tive êxito em envolvê-las.

Foi com o *Cântico dos Cânticos*, de Scholem Aleikhem, que consegui despertar a sua empatia, e assim transcorreu uma série de aulas (cerca de dois meses) numa atmosfera de suspense.

No lírico despertar do doce sentimento de amor de um rapazinho, um estudante que se rebelava contra a autoridade paterna e, tendo como pano de fundo o calor de um lar judaico, a suave autoridade do pai, estudioso de livros sagrados, que observava por cima dos óculos de aros de prata e alisava a barba também prateada, ao lado da preocupação delicada da mãe, a todo momento vinha à tona a inevitável relação com Schulamis[2], a Sulamita bíblica do *Schir Haschirim*, com os sussurros amorosos do despertar romântico e as insinuações. Tudo isso criava um *epos* juvenil de amor vigoroso e inebriante, casto e modesto, mas também rico de desejo e proibição.

Como aula, isso foi um grande sucesso e tive êxito no decorrer de algumas semanas, conseguindo manter um bom contato com o auditório, apesar do travesso e frívolo amadurecimento precoce de minhas alunas, que não se abstinham de comentar

---

2. *Schulamis*: Sulamita (hebr.Schulamit) do "Cântico dos Cânticos" da Bíblia

aquelas indiscretas entrelinhas que o autor ocultara, e discutiam sobre o estranho amor entre o jovem tio e sua mais jovem sobrinha – Schimek e Buzi.

A poética do texto soava na boca das alunas como uma canção: enquanto Schimek observava Buzi, lembrava-se da Sulamita, a Shulamis do *Cântico dos Cânticos* e, enquanto estudava na véspera do schabat, o *Cântico dos Cânticos*, entoando o versículo "Como és bela minha amada", sentia o toque de Buzi. Os olhos da aluna Maria cintilavam de maneira diferente naqueles momentos, e eu procurava descobrir se ela era a encarnação, o *Guilgul*, da Schulamis do rei Salomão, ou da Buzi de Scholem Aleikhem.

Capítulo após capítulo, desdobrava-se o amor familiar e provinciano, que chegou a abarcar, de um salto, da Jerusalém bíblica até os campos que rodeiam o moinho perto da ponte e do riacho de Kasrilevke, a cidade fantástica de Scholem Aleikhem, e aconteceu que os dois enamorados conseguiram se esgueirar até ali, até a classe do seminário.

Esse é um daqueles contos de amor sem final feliz. É como a saudade que não se aplacou. Quando o capítulo final que Scholem Aleikhem não terminou de maneira tão filosófica, foi lido pela classe com um aperto no coração até o último pensamento, ouviu-se um suspiro coletivo das meninas. Assim como um médico que teme olhar para o paciente após uma intervenção violenta, assim eu também temi pela Maria.

Como sempre, lá estava ela sentada, isolada e retraída. Nas mãos apertava um lenço branco e seus grandes e profundos olhos negros estavam inchados de chorar.

Meu colega, o professor de hebraico Eliezer Karolinsky[3], con-

---

3. Eliezer Karolinski*- foi um professor do Seminário e diretor do Colégio Bialik, em Pinheiros de São Paulo.

tou-me a história da vida de Maria[3]: era uma menina cristã, católica. Sua casa, em Pinheiros, ficava nas vizinhanças da Escola Bialik, e ela estudara lá desde o primeiro ano, com as crianças judias. Tinha estudado hebraico, ídiche, Bíblia e História. Perseverante e dedicada, estava sempre entre as melhores da classe.

Da Escola Bialik, Maria passara para o Seminário Hebraico de Professores, que completou após penosos seis anos de estudos noturnos. Graduou-se com distinção e foi escolhida por suas companheiras para fazer, em hebraico, o discurso de formatura na entrega do diploma de professor, jurando fidelidade ao ensino judaico e à Torá.

Nessa ocasião eu estava sentado entre os professores e ouvi o seu hebraico excelente e bem pronunciado. Os olhos grandes e lindos dessa menina cristã vagueavam e, pareceu-me que também lacrimejavam, como no tempo em que ela declamava: "Volta, volta, ó Sulamita!".

Se sua carreira de professora conseguiu melhor destino do que o amor juvenil entre Buzi e Schimek, infelizmente nunca pude saber.

---

3. Maria: (Maria Luiza, aluna) é hoje professora de hebraico, em São Paulo com mestrado em língua hebraica pela USP.

KÁDISCH[1]: A ORAÇÃO PELOS MORTOS

Tradução TUBA FURMAN

ELE COSTUMAVA chegar à minha loja com sua maletinha. Era, como costumavam ser os judeus alemães, um "representante". Mas, enquanto a maioria dos *iekes*, judeus alemães, representavam firmas ricas e famosas, com um mostruário variado, ele representava uma fabriqueta de pijamas. Em sua maleta, encontravam-se algumas amostras desse artigo. A maleta com as amostras era desproporcional ao tamanho do portador. Seu tipo alto, espadaúdo, rosto avermelhado, ereto e imponente lembrava o porte de um oficial de alta patente após o serviço militar, no mínimo um coronel, ainda mais quando se ouvia seu elegante alemão. No entanto, eram suficientes apenas alguns minutos para que essa sensação se desfizesse e viesse à tona a impressão correta: um judeu religioso radical, comum entre os judeus alemães; um judeu de Frankfurt ou de Munique.

Seu porte e sua altivez logo desapareciam quando trocava comigo as primeiras palavras e, a bem da verdade, ele não tinha coragem de oferecer-me os seus pijamas. Seus olhos azuis, saindo da cabeça pequena, que era o ponto alto de sua estatura, vagavam não sobre as prateleiras da minha loja, mas sobre os desar-

---

1. *Kádisch* é a oração pelos mortos e é obrigação do filho varão rezar o *kádisch* após a morte dos pais.

rumados escritos, livros e jornais espremidos entre várias caixas ali expostas.

Ele os folheava, tanto os de ídiche quanto os de hebraico, com uma certa inveja misturada a um sentimento de perda. Se conseguia mesmo ler em algumas dessas duas línguas, eu não sabia, porque nunca quis deixá-lo em situação constrangedora, mas uma coisa presumi, até quase com certeza: rezar e ler um pouco de *Khumesch,* os livros da Torá, ele sabia com certeza.

Apesar de não mantermos relações comerciais, Herr[2] Freidenbach costumava vir freqüentemente à minha loja. Ele era tão alto que precisava abaixar-se para que sua cabeça não batesse no umbral da porta. No entanto, bastavam alguns minutos, como já disse acima, para que tivesse diante de mim um homem imbuído de judaísmo, religiosidade, *mitzves,* preceitos religiosos, e honestidade. Era ele quem me lembrava de quando se devia abençoar *Rosch Khoidesch,* o primeiro dia do mês judaico, quando se iniciavam os nove dias nos quais é proibida a carne, antes do nono dia do mês de Av, quando se jejua, e assim por diante. Pareciam um pouco estranhas todas essas coisas naquela figura altiva, moderna, bem vestida e asseada, um inflexível senhor que falava tão bem o alemão.

Ele costumava falar baixo e nunca contava piadas vulgares, como as que estávamos acostumados a ouvir de representantes *iekes.* Sua maleta lembrava mais a maleta de *mitzves,* de boas ações, do personagem "alfaiatezinho devoto" de Scholem Asch, no seu livro *Kidusch Haschem (Martírio da Fé),* do que a de quem levava um mostruário de pijamas. Tanto da maleta quando de Herr Freidenbach, que crescera demais, emanava tal humildade, misturada com uma espécie de tristeza, que até parecia que, de

---

12. Herr: senhor em alemão.

ambos, tanto da maleta, quanto do homem grande, irrompiam suspiros. Ambos transmitiam tristeza e desamparo, como se estivessem perdidos num mundo estranho, como se não fossem daqui, deste mundo.

Herr Freidenbach nunca me olhava nos olhos, seu olhar sempre parecia pairar acima do meu. De qualquer modo, nossos olhares nunca se encontravam. Provavelmente ele, o Sr. Freidenbach, se enganara a meu respeito. Observando as pilhas de livros e de jornais e também a pequena Bíblia que estava sempre sobre minha mesa de trabalho, deve ter-me tomado por um judeu religioso e tentou envolver-me, tecendo uma intimidade entre nós, querendo abrir ou amarrar sua alma à minha. Ele morria de vontade de aproximar-se mais e mais, apesar de resguardar sua mais genuína característica alemã de não incomodar, e não me procurava com freqüência, apenas uma vez por mês. Certo dia ele me surpreendeu, como se fosse sem intenção, com uma voz calma e sussurrante:

— Minha senhora é cristã... — E, após uma pausa para um suspiro, continuou:

— Nós não temos filhos.

Ele engolira as palavras com boca úmida, e com os olhos infantis também umedecidos. Parecia aguardar para ver como eu reagiria àquela confissão e, na verdade, eu me senti perdido com suas palavras, parecendo-me que eu, e não ele, tinha sido pego em pecado. Subitamente senti muita pena de Herr Freidenbach, pois compreendi de repente que aquele homem quieto e honesto carregava em sua vida um segredo, um drama de alma... Só então pude entender a trágico-grotesca relação entre aquele homem grande e sua maleta ridícula, uma figura tão imponente que se comportava praticamente como uma criança.

— Eu gostaria, na verdade, de convidá-lo à minha casa, Herr

Mayer, mas minha senhora não é judia – disse ele novamente, com a boca cheia de espuma de saliva, o que fortaleceu ainda mais, em mim, o sentimento de piedade. Fez-me entender diretamente que carregava consigo a tragédia, até dentro de sua própria casa.

Com seu jeito envergonhado, calmo e indeciso pediu-me que *Dieses Jahr* (neste ano), eu fosse rezar nas "grandes festas", quer dizer, nos *Iomim Noroim,* na comunidade húngara da Rua Augusta. Hesitante e indeciso, Herr Freidenbach fez-me uma prédica cheia de justificativas para que eu não me sentisse atingido por ele não rezar na sinagoga dos judeus alemães nem na dos judeus do Bom Retiro: na sinagoga dos judeus alemães ele não rezava porque eles omitiam muitas estrofes da oração *Avinu Malkeinu,* Nosso Pai, Nosso Rei, e mais, pulavam páginas inteiras do verdadeiro *Machzer Koscher,* o livro de orações tradicional. Alguns anos atrás, ele mesmo tinha presenciado como *Khazen,* o cantor litúrgico, pulara o *Avinu Malkeinu,* que diz:

"Vinga-te aos nossos olhos pelo sangue derramado de teus servos", e também o anterior que diz: "Nosso Pai, Nosso Rei, fazei por aqueles que padeceram no fogo e na água pela santificação do Teu Nome".

– Herr Mayer, sabe o senhor o que este *Avinu Malkeinu* significa? Ele diz: que o Todo-poderoso castigue os assassinos, os que destruíram o Lar Judaico.

Senti como se ele estivesse engolindo algo. Ele descansou um instante e continuou se desculpando, mas agora com menos envolvimento e com uma argumentação menos incisiva.

– Gostaria de rezar nos judeus do Leste, os do Bom Retiro, na sua sinagoga, mas a agitação e a falta de educação dos crentes, principalmente das mulheres e dos jovens, é tão terrível, que é quase um *Khilul Haschem,* uma ofensa ao Senhor. Ao contrário, nos judeus húngaros tudo é muito ortodoxo, e o silêncio reina durante o tempo das preces.

– Venha, Herr Mayer, aos húngaros, o senhor não se arrependerá. – Desta vez ele pousou em mim seu olhar envergonhado e acrescentou novamente:

– Os judeus húngaros são muito ortodoxos, assim como os judeus do Leste da Europa, e a disciplina é igual à dos judeus alemães!

Seu rosto iluminou-se de repente, ou porque conseguira citar de cor para mim alguns *Avinu Malkeinu* e mostrar-me que não era um ignorante, ou porque sentia ter-me conquistado para ir à sinagoga húngara. Bem, eu tinha um amigo enigmático, mas também sincero, e prometi-lhe ir à sinagoga húngara, localizada na Rua Augusta.

* * *

Bem, minha intenção não é contar aqui como se reza na sinagoga húngara, e nem fazer comparações entre a nossa sinagoga e a dos alemães. Encho-me de respeito quando piso em qualquer sinagoga, seja ela a mais humilde ou a mais pobre. Este conto pretende homenagear, com grande respeito, o gentil e extraordinário amigo ou conhecido, Herr Freidenbach, embora ele fosse um pouco estranho e secreto.

Cheguei atrasado e foi-me difícil entrar na superlotada sinagoga; tive de ficar à porta, a qual também chegava o ar festivo, e os sons do coro, e o brilho das lâmpadas. Na verdade foi um momento de alegria entrar no templo que se encontrava no meio da prosaica Rua Augusta. Apesar de o lugar estar repleto, não me foi difícil localizar, entre centenas de fiéis, o meu amigo Herr Freidenbach.

Sua estatura incomum permitiu-me avistá-lo na primeira vez em que se levantou do assento. Encontrava-se ele nos primeiros lugares, próximo do *Aron Hakoidesch,* a Arca Sagrada, sobressaindo-se tanto pela estatura como pelo seu chapéu coco e o pequeno xale de orações, o *tales,* que jovialmente envolvia-lhe as costas altas e largas.

Mesmo de longe, chamou-me a atenção essa desproporção, à qual, diga-se de passagem, eu já me havia habituado. Mesmo de longe dava a impressão de uma pessoa dependente, que não era dona de si, antes um rapaz cujo pai o levava à sinagoga, apesar de ele usar um chapéu coco. De súbito, ocorreu-me que Herr Freidenbach podia ser um mascarado, um dissimulado.

Mas não. Essa suspeita, afastei-a de mim energicamente e com raiva... Novamente me compadeci e entendi também que ele era oprimido por um sentimento de culpa e naquele lugar e naquele momento, ao lado da Arca Sagrada, ele se penitenciava em sofrimento e se arrependia profundamente...

Senti isso realmente, embora ele estivesse de costas para mim, ao lado da parede oriental (parede privilegiada na sinagoga) enquanto eu permanecia em pé junto à porta. Vi também como lacrimejavam os seus olhos azuis, olhos inocentes de criança...

É claro que consegui perceber de longe suas expressões, principalmente durante as orações de *Mea Culpa,* quando, ao virar-se, ele ocasionalmente voltou para mim o seu rosto. Ele não me viu, mas eu bem percebi seu rosto avermelhado e seus olhos úmidos que miravam algum ponto em cima, como se buscassem algo. Pareceu-me que, com a ponta do seu pequeno *tales,* ele enxugava os olhos lacrimejantes. Nas mãos carregava um grande *Makhzer* desses que continham as orações de *Rosh Hashone* e do *Iom Kípur,* pareceu-me que também com a tradução ao alemão. Tudo isso eu supus, pois não consegui aproximar-me dele devido ao ajuntamento à porta e à minha falta de ousadia, pois talvez fosse eu o único que rezava sem o *tales.*

Quando terminaram as orações, alguns fiéis aproximaram-se da Arca Sagrada para rezar o *kádisch*, o *kádisch* dos enlutados. Rezavam pelo pai morto, pela mãe morta ou por um irmão. É que a comunidade era grande e não faltavam notícias de desgraças familiares. Os que rezavam o *kádisch* agrupavam-se num canto, e logo vi meu amigo entre eles, ereto, com seu grande *Makhzer*. Ele já tirava o *tales*, estava entre os que rezavam o *kádisch*, e eu ouvia claramente como ele pronunciava o *Isgadal Veiskadsch Shemá Rabá*, finalizando com um *Amém* que abafava o *Amém* dos outros piedosos que rezavam o *kádisch*.

Durante a prece ele balançava seu corpanzil como se quisesse dar mais força às palavras, mais sentido, mais redenção...

Seu modo de rezar o *kádisch* não era o de um idoso, mas o de um coitado, um órfão recém-abandonado, deixado ao léu pelos próprios pais num mundo sem piedade, e o seu *kádisch* mais parecia um grito de socorro, um pedido de ajuda.

* * *

Na manhã seguinte, após as festas, apareceu-me uma visita: Herr Freidenbach – como eu já esperava. O espírito de *Iom Tev*, dia de festa, ainda pairava sobre ele. Limpo e asseado ele sempre fora. Nenhum vinco, nenhum pó, mas desta vez emanava dele um ar de sinagoga, um perfume de orações.

Vinha-me desejar festiva e pateticamente um *Leschone Toive*, Ano Bom, a mim pessoalmente e a todos os irmãos de fé em geral. Falava de maneira discreta, suave, com voz delicada, como se ainda estivesse no ritmo da melodia do *Chazen*. O prazer do *Iom Tev* estava ainda em seus lábios finos e delicados. Novamente evitou o meu olhar, enquanto me perguntava:

– Então, Herr Mayer, o senhor gostou? Esteve lá o tempo todo?

Primeiramente lhe desejei um Bom Ano, retribuindo os seus votos. Depois, tomando coragem, perguntei-lhe:

– Herr Freidenbach, o senhor nem me contou que estava de luto... Por quem o senhor rezou o *kádisch?*

Meu amigo virou-se de repente, interrompendo-me. A expressão do seu rosto mudara e ele baixou os olhos.

Calou-se por um minuto, num silêncio doloroso... Senti que a minha pergunta reavivava em seu coração o peso de algo que o oprimia.

Por fim murmurou, como se não fosse para mim, mas como se segredasse para o infinito:

– Eu rezo *Kádisch* por mim... pois ninguém o fará após a minha morte. Por isso eu o digo antecipadamente, em vida: *Kádisch* por mim mesmo. Talvez isso seja aceito como um legítimo *Kádisch*...

RAÇA

Tradução GENHA MIGDAL

No caminho desolado da Água Funda, entre as montanhas da Cantareira, localizavam-se duas pequenas casas geminadas. Lá moravam duas famílias alemãs. Uma eu conhecia, quase podia dizer que éramos amigos. O alemão chamava-se Paulo. Era um capitão de navio aposentado. Por trinta anos consecutivos servira numa tal Companhia Rotschild, no Rio Negro. Conseguira economizar nesse tempo todo uma boa soma, trinta mil libras esterlinas, que tinha depositado no banco estatal inglês, e vivia à larga dos juros desse capital.

Eu travara conhecimento com ele no estilo comum de um *klaper*, um mascate: batendo palmas até que aparecesse alguém da casa. Daquela vez foi um senhor. Ele logo indagou em alemão, sem rancor, como é o hábito quando é o dono da casa e não a dona:

– O que deseja o senhor?

Fingi não compreender o alemão e mostrei-lhe meu pacote de camisas, calças, guarda-chuvas. O dono da casa convidando-me para entrar, estendeu a mão amavelmente, apresentando-se:

– Paul Haaze, capitão de navio, aposentado.

Escolheu algumas camisas, um guarda-chuva, pagou a importância solicitada e encomendou dois ternos para os rapazes de 18 anos, seus filhos.

Olhei ao redor: uma casa vazia, chão de barro, porém, ao redor, nas paredes não caiadas, penduravam-se prateleiras de madeira rústica com livros, muitos livros.

O alemão era corpulento, pesado e tinha as faces rosadas e o nariz inchado com uma verruga.

Através de uma porta lateral espiava uma cabeça grande com rosto assustado de coruja. O senhor Paulo, dirigindo-se a mim, disse mecanicamente:

– Essa é minha mulher: uma boliviana. Eu a trouxe da região do Amazonas. Não sabe nem alemão, nem português.

A partir daquele dia conheci-o mais de perto e fiz amizade com ele. Na verdade, foi o contrário: o alemão fez amizade comigo, o ambulante judeu. De minha parte o relacionamento com o freguês corpulento restringia-se a assuntos comerciais. Porém não era tão simples.

Certamente suas encomendas eram para mim muito providenciais. Eu as obtinha com longo prazo e o alemão as saldava de imediato. Para um mascate iniciante, que sofre a falta de dinheiro vivo, era uma grande ajuda.

O alemão encomendava sempre artigos masculinos. Nunca para a mulher que trouxera do Amazonas, à qual se referia como a um animal exótico dos trópicos, embora ela fosse a mãe de seus dois filhos tardios. Pude observar que ela era mais empregada e escrava que esposa. Isso, contudo, não era da minha conta.

Quando eu trazia as encomendas, o alemão pagava-me logo o solicitado. Entretanto, por essa generosidade – sem ligar para minha pressa – exigia um favor: conversar comigo. Assim ele dizia: "conversar" – porém quem falava era só ele.

No decorrer de poucas semanas eu já conhecia toda a história de sua vida: nascido em Hamburgo, cursara e escola naval, trabalhara em navios de famosos armadores judeus – fizera questão de salientar – até ser contratado pela companhia de borracha dos Rotschild, para conduzir os transportes das plantações aos portos de exportação. O alemão Paulo sempre elogiava os judeus. Enchia-se de prazer ao citar seus nomes: honestos, camaradas, bons empreendedores, organizadores culturais, competentes, comunicativos.

Não era um camponês ignorante, o alemão. Como se ele próprio fosse um judeu, contou com orgulho sobre conterrâneos judeus, citou um considerável número de pesquisadores oceânicos, descobridores da África, médicos tropicais – todos nomes de regiões específicas pouco conhecidas do público. Como é sabido, nomes de judeus na política, na economia e na literatura são bem populares. O meu alemão mostrou-me que bênção e quanto prestígio os judeus do mar e dos trópicos tinham proporcionado à sua pátria, a Alemanha.

De alguns ele tinha fotos e de outros leu para mim verbetes de suas enciclopédias e escritos geográficos, ainda do período de Guilherme, o Kaiser.

Esse contato com o alemão, eu o mantive ao final da década de 30, durante as loucuras de Hitler, que também atingiram o Brasil.

Os alemães locais, que eram na maioria social-democratas, ou simples inocentes, amantes de música e esporte – foram todos, do dia para a noite, padronizados, por assim dizer, todos considerados hitleristas.

Para mim foi uma espécie de indenização e agrado a patética abertura do coração de Paulo. Nenhuma bajulação e falsidade observei nele. Para que o aposentado homem do mar, com sua semi-selvagem esposa boliviana, que ele arranjou para si na velhice, precisava estabelecer amizade com um judeu polonês, um mascate que perambulava pelos caminhos desolados da Serra da Cantareira? Devido a suas 30 mil libras esterlinas depositadas no banco inglês? Até parecia que eu pudesse ter influência nos círculos políticos do império britânico...

Cheguei à conclusão de que Paulo era um dos poucos alemães que acompanharam a histeria hitlerista, embora ele não falasse de assuntos da atualidade e nunca citasse o maldito nome de Hitler.

Na verdade ele corria o risco de os ingleses confiscarem seu dinheiro como cidadão alemão. Confiara esse dinheiro poupado honesta e esforçadamente aos ingleses, mesmo podendo ser considerado seu inimigo visceral. De sua prática universal ele conhecia a estabilidade do banco inglês, o Bank of London, que sobrepujara os bancos de sua Alemanha, principalmente depois de afastarem deles o controle judaico. Senti, no entanto, por parte dele, um certo amor a sua pátria, somente do ponto de vista histórico.

Certa vez encontrei meu Paulo tagarela de mau-humor. Isso aconteceu durante a batalha naval no Atlântico Sul, quando os ingleses, após longa perseguição, derrotaram o encouraçado alemão *Graf Shpee*, que o próprio capitão deixou afundar em Montevidéu.

O rosto rosado de Paulo estava inchado e com olheiras por longas noites de insônia; eu não conseguia, naturalmente, esconder minha alegria. Era a primeira derrota nazista.

Paulo ficou calado por instantes. Conduziu-me até uma grande mesa rústica, sobre a qual estava moldado com eficiência, em argila, um grande panorama geográfico – litorais marítimos, montanhosos, pintados de verde; o mar, alguns navios em várias posições estratégicas.

O velho lobo do mar reconstituíra a batalha de Montevidéu.

Em seu rosto franco – que então me pareceu infantil – observei o conflito interior que ele travava: o conflito entre um homem do mar e patriota alemão, de um lado, e antinazista, do outro lado.

Paulo permaneceu de pé junto à mesa, sem palavras, apenas conduzindo sua larga mão sobre as posições. Logo em seguida levou-me a um quartinho lateral, no quintal, entre as árvores. Através das árvores apareceu sua mulher. Ela deu um pulo, como um animal acuado, posicionando-se junto ao portãozinho da rua retirada, para cuidar de que ninguém se aproximasse.

Paulo abriu a porta do quartinho e pude ver lá, sobre uma mesa de trabalho de marceneiro, um modelo inacabado de navio, um navio de guerra artístico e artesanalmente montado em madeira. Apenas as armas eram modeladas em argila: canhões, torpedos e também marinheiros a postos.

– Estou reconstruindo o Graf Shpee, que os ingleses aniquilaram – disse Paulo sem olhar para mim, numa voz sufocada, e saiu ao quintal deixando-me sozinho no aposento.

Porém não só por Paulo assinalei essa memória. Incidentalmente, seu fim foi muito triste; os ingleses confiscaram, de fato, seu dinheiro e ele deixou de obter seus juros. O bravo e forte homem ficou alquebrado, vergou-se, adoeceu do coração e morreu, deixando a sua apalermada mulher e seus dois filhos na miséria, na penúria, ao Deus dará. Mais tarde os rapazes vagavam pelas ruas nus e descalços sobre as areias dos caminhos retirados. Mas vamos retornar àqueles tempos em que eu periodicamente lhe entregava encomendas.

* * *

Conforme disse no início do conto, Paulo ocupava uma parte da casa geminada; na outra também morava uma família alemã. Como eu tinha investido tempo e trabalho para alcançar aqueles caminhos abandonados nos morros, almejava conhecer também os vizinhos de Paulo, por razões puramente comerciais.

Perguntei uma vez a Paulo se poderia recomendar-me a seu vizinho.

– A senhora Enguel[1]? Pois não! Eu o faço já – respondeu Paulo, sincero e prestativo.

Ele vestiu seu paletó formal, escovou a poeira e saímos em direção ao portãozinho comum, tocando logo a campainha.

Ao contrário da cerca descuidada de Paulo, a da vizinha era bem fortificada, alta e coberta por uma trepadeira. O portãozinho estava trancado. O de Paulo estava sempre meio aberto.

Apresentou-se uma senhora, a senhora Enguel: um avental branco cobria um vestido modesto, porém correto. Alta, bem apessoada, loira, quase amarela, sobrancelhas claras e grossas, com um sorriso que se estendia até os olhos, até as claras e grossas sobrancelhas.

Ela permaneceu fora, encostada ao portãozinho. Admirei-me por ela não nos convidar para entrar, o que não incomodou Paulo.

– Senhora Enguel, me desculpe, este é um fino e compreensivo ambulante que eu recomendo à senhora. A senhora pode comprar dele com confiança vários artigos de roupas. Por nossa distância e má ligação com o centro, é simples e conveniente – disse Paulo, olhando ao redor e como que mostrando o seu isolamento.

Ainda era cedo. No caminho poeirento ninguém ainda aparecera. A senhora Enguel, que esboçou um leve sorriso através das grossas sobrancelhas, respondeu:

– *Nu, iá* – ah, sim... Isto podia significar tanto sim, quanto não. Porém inquiriu-me direto num português carregado:

---

1. *Enguel*: Anjo em alemão.

– O senhor tem camisas de homem? Traga, por favor, alguns modelos número 37.

Eu trouxe a primeira encomenda. Como sempre, acordava para o trabalho, para mascatear, muito, muito cedo, assim que amanhecesse. Havia dois motivos para isso: em primeiro lugar – por volta de 11, 12 horas, quando o calor é insuportável, eu já havia visitado todos os fregueses do dia; em segundo lugar, minha licença, quando eu a tinha, era somente para um artigo. O medo dos fiscais me expulsava cedo de casa.

Quando eu chegava bem cedo à senhora Enguel e tocava a campainha, ela logo me atendia, como se já esperasse. Eu lhe entregava as encomendas e ela me pagava imediatamente, com o dinheiro preparado. Não regateava, não estabelecia condições: – Serviu – Não serviu. Para mim era uma agradável surpresa.

– Talvez a senhora necessite de outros artigos: calças, pulôveres de lã, capas de chuva, pijamas? – disse eu de cor o meu refrão, um pouco em português e um pouco em alemão.

A senhora Enguel pensou um instante e respondeu:

– Ah, sim. Traga uma capa, um pijama e vamos ver.

Desde então tornei-me um visitante quase diário junto à senhora Enguel. Ela não regateava, não queria parcelar à prestação e pagava à vista.

Naquele período – e também posteriormente –, aquilo era um alívio para minha situação. Eu estava muito agradecido à referida alemã, a senhora Enguel.

Alemã? Eu não estava completamente convencido de que ela fosse realmente alemã. Os favores materiais que advinham de nossos relacionamentos comerciais influíam para que eu visse nela outra figura; enraizou-se em mim uma ilusão, uma associação com uma senhora judia de minha aldeia natal, uma reconhecida e rica dona de casa, que também se chamava Enguel, anjo em alemão.

Seu tratamento correto e cordial, quase caloroso junto ao portãozinho, naquela rua abandonada, no caminho do campo, me emocionou muito. Eu sempre imaginava, e cada vez mais, que aquela devia ser uma mulher judia da antiga onda imigratória judaico-alemã que permanecera embicada naqueles confins, embora todos os *iekes,* como são chamados os judeus alemães, tenham se instalado nas melhores ruas centrais da cidade.

A delicadeza e os modos da senhora Enguel, "que com certeza devia ser judia", que ajudava um pobre judeu polonês, um *klaper,* lembrou-me até a personagem Glickel de Hameln, da galeria de Opatoschu, o grande escritor ídiche, em *Um Dia em Regensburg* – só faltavam dois candelabros para acender as velas de *Schabat*. Nunca me convidara para entrar em sua casa; continuava acertando nossos negócios diante do portãozinho, nas primeira horas da manhã.

Uma vez ela inquiriu-me sobre minha origem, sobre minha família. Isso aconteceu no final da década de 30, começo da de 40. O mundo estremecia em pânico; nós, judeus, à beira do abismo, perseguidos e expulsos. Eu lhe contei as notícias do *front* judeu, notícias que todos os jornais traziam. A senhora Enguel, com os olhos velados pelas grossas sobrancelhas, respondeu:

– *Nu iá,* ah, sim...

Certo dia, bem cedo, chegando à sua casa com uma encomenda maior, pedi-lhe, sem nenhuma intenção especial, que abrisse o portãozinho, para eu lhe entregar a mercadoria dentro de casa, porque fora havia perigo dos fiscais. A senhora Enguel abriu logo, amistosamente, e com um sorriso:

– *Nu iá, bitte,* ah, sim por favor! Podia ter dito logo!

Contrariamente ao pátio de Paulo, onde tudo estava em desordem, aqui tudo era enfeitado e arrumado, florido e gramado. No fundo do jardim, entre os canteiros de flores e árvores, viam-se dois caramanchões e bancos. A senhora Enguel selecionou sua encomenda, pagou bem pago e solicitou nova entrega. Fiquei, como sempre, muito contente, tinha o suficiente para pagar as dívidas.

* * *

Ela continuava para mim um enigma. Quem é ela, o que é ela? Deduzi de seus pedidos que ela era mãe de um filho e uma filha e que seu marido era engenheiro. Nunca os encontrara.

Sustentava cada vez mais a idéia de que a senhora Enguel era uma boa filha de Israel, educada em misericórdia e boas ações, como é tradição entre os judeus alemães bem estabelecidos, há muitas gerações. Decidi esclarecer junto a Paulo.

– Senhor Paulo, a senhora Enguel é mesmo uma judia?

– Ora, ora, Sr. Maier!!! Disse Paulo pulando da cadeira como um trovão. Fechou porta e janelas e, baixando até mim seu corpo pesado, sussurrou em meu ouvido:

– Sabe quem ela é? A senhora Enguel é a presidente do Partido Nazista, grupo local de Santana; ela própria, descendente dos amaldiçoados Sudetos Alemães, dos quais se originou toda a tragédia. Seu marido, o engenheiro, é um trapo, completamente dominado por ela. Sua casa é o centro...

Paulo calou-se de repente. Parecia ter-se arrependido por tem me revelado o segredo. Concentrou-se por um instante e disse finalmente:

– Neste anjo, *Enguel*, esconde-se o demônio.

A declaração de Paulo deixou-me perturbado. Sentia-me culpado e enojado comigo mesmo.

Eu havia recebido dela uma encomenda. Decidi entregar-lha. Seria a última vez.

Cheguei, não como até então muito cedo, porém por volta das 10 horas da manhã; eu queria, com o pretexto dos fiscais, penetrar mais fundo em sua casa fechada e carregava um grande pacote de mercadoria, para demorar mais tempo. Com passos apressados, aparentando estar sendo seguido, aproximei-me de sua casa. Ela já me esperava, como sempre, fora. Mostrei-lhe meu pesado pacote acenando-lhe para que me deixasse entrar o mais depressa possível. Com um sorriso que perpassou as grossas sobrancelhas, como cortinas, ela permitiu-me entrar no jardinzinho. Pedi-lhe então que abrisse a porta de trás de sua casa.

– *Nu iá! bitte,* ah, sim! Por favor...

Entrei rapidamente, deixando a mulher para trás. Atravessando a cozinha e um corredor, entrei numa sala e depositei o pacote sobre a mesa.

Na mesma mesa, bem ao lado do meu pacote, encontrava-se emoldurada a fotografia do "maldito Hitler". Sem paletó, encontrava-se de camisa e com uma gravata. Não a foto difundida de um carniceiro inflamado, mas a foto íntima de um noivo aldeão, com um topete engomado.

Como se fosse o noivo da senhora Enguel, "malditos sejam seus nomes"!

Memórias da Polônia

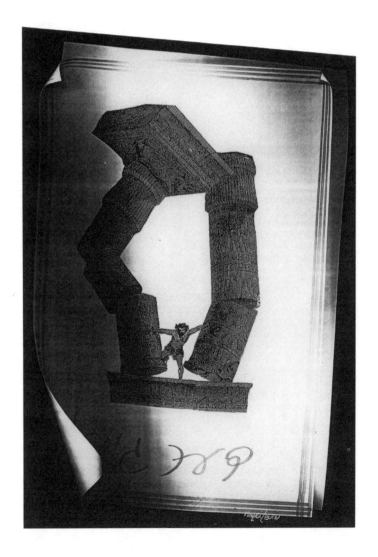

O HOMEM MAIS FORTE DO MUNDO

Tradução GENHA MIGDAL

Quero aqui reparar uma injustiça com relação a um simples judeu polonês que engrandeceu o nome dos judeus de forma inusitada – com força e ousadia. Ele não demonstrou seu heroísmo num campo de batalha nacional judaico, numa guerra judaica, embora fosse um judeu de Varsóvia, orgulhoso de sua origem e por isso muitas vezes testado pelos inimigos. Seus feitos, ele os apresentou somente em circos, teatros de arena, para admiração de simples espectadores gentios e para orgulho e delírio das massas judaicas que o adoravam. Cantaram-no em vida e prantearam-no na morte.

Ele foi literalmente o ídolo do laborioso proletariado judeu. Para a elite culta judaica não ficava bem reconhecer o prodigioso Zische Breitbard e sua intrepidez como uma expressão da perenidade e vitalidade judaicas. Essa elite costumava operar de forma unilateral, com outras categorias e atributos para determinar a perpetuidade judaica.

1. O titulo do conto surgiu de um trecho do proprio conto:"O Dicionário Enciclopédico Judaico Alemão" reconheceu o Zische como o homem mais forte do mundo.

Zische foi uma criança prodígio do povo judeu. Relacionar os expoentes da literatura, ciência, conhecimento, religião e arte que foram produzidos no país eslavo do Vístula e não incluir, por outro lado, o nome de Zische Breitbard, significa prejudicar, diminuir de forma marcante o quadro do coletivo judaico, que é considerado pelos inimigos, e também pelos próprios judeus, como frouxo, como um "vale de ossos secos". Isso seria também ignorar os sentimentos da grande massa judaica.

Durante sua vida pouco nos espelhávamos nele. Era considerado plebeu, gentio. Os líderes da imprensa, os formadores de opinião da comunidade e dos partidos desdenhavam completamente a grandeza do tipo Breitbard. Viam com maus olhos a psicose breitbardiana da juventude, não reconheciam sua importância nacional e com certa vergonha compartilhavam da alegria do meio judaico. Escrevia-se muito a seu respeito, porém, apenas por razões essencialmente comerciais: para as massas. Os gentios tinham-no, sim, em consideração porque ele, como judeu, constituía para eles uma surpresa e uma contradição ao seu conceito incorporado, geração após geração, no tocante à fragilidade judaica.

Uma semana após sua morte foi por nós esquecido. E até mesmo pelas inúmeras agremiações esportivas judaicas. Nenhuma leva seu nome, nenhum lugar exibe sua fotografia. E Zische era uma pessoa do povo, bom, sentimental e misericordioso. Gostava de fazer boas ações (não para tornar-se popular). Escorraçava de si todos os tentadores contratos do exterior que pretendessem afastá-lo de sua origem judaica.

Por outro lado, a massa popular judaica – carregadores, açougueiros, carroceiros e simples arruaceiros, que viam nele seu modelo – carregavam-no nos braços, beijavam as bordas de suas roupas. Era exatamente assim, como tem sido relatado, quando as pessoas desatrelavam os cavalos do carro em que viajavam os famosos escritores Peretz ou Sokolov, puxando-o elas mesmas – assim também desatrelavam os vigorosos cavalos do carro do Zische, no qual ele viajava como um rei, paramentado, com rédeas faiscantes estreladas, e as letras Z.B. em cobre – os emblemas de Zische Breitbard (Noakh Pandre, herói da obra de Z. Schneur, foi certamente maior que ele...).

Sua aparência não era excepcional nem algo como um gigante lendário. Ao contrário, o herói de Lodz era uma pessoa bem proporcionada. Embora alto, era mais baixo que muitos, muitos judeus que o admiravam.

Se havia algo de excepcional nele, de surpreendente, era sua cabeça bonita, com cabelos claros ondulados, como a cabeça de uma estátua grega, que se sustentava solidamente sobre um pescoço bem torneado.

A canção polonesa de Breitbard (que com certeza só foi cantada entre os judeus) tem o seguinte verso: "Quando eu piso o umbral da Polônia, até Deus me cumprimenta com inveja".

Se outros deuses invejavam de Zische a força, Apolo poderia invejar-lhe a formosura. Entrementes, na mesma canção fala-se sobre uma condessa que se apaixonara pelo "belo Zigmunt", e cometera suicídio após sua morte.

Devido à sua beleza, os arruaceiros chamavam-no de Zosche[2], a bela Zosche, e não Zische.

Escrevo isso em condições adversas, sem material biográfico. Apesar de todos os meus esforços, não consegui obter os jornais da imprensa judaica, nem da alemã dos anos vinte, quando aconteceram suas turnês triunfais através da Polônia e do exterior.

O *Dicionário Enciclopédico Judaico-alemão*, que o intitula "o homem mais forte do mundo", menciona: nascido em 1883,

Lodz, falecido em 1925, Berlim. O pai foi ferreiro. Seu irmão Yossef também foi muito forte.

Como se revelou o herói

A capital da rica região Kuiava, Vlotzlavek, tinha durante a Primeira Guerra Mundial o cognome de "cidade pão", onde não faltava comida. Os judeus eram ricos e bondosos, e podia-se conseguir, comprados ou dados, pão, ervilha, feijão, batata.

A cidade ficou, de fato, infestada de hordas de andarilhos esfomeados: velhos judeus com jaquetas e botas, costas arqueadas, mãos calejadas – sinais de passadas forças e trabalho pesado; mães com nenezinhos, moçoilas crescidas – elas se detinham na cidade mais que os homens –, todos vinham saciar a fome junto a nós.

A comunidade erigiu uma Casa do Povo que, entretanto, se auto-sustentava, onde eram distribuídas refeições sem limite. Pobres comiam à vontade. Aos sábados as mesas eram postas festivamente.

Além disso, os andarilhos eram saciados também em casas particulares; eu me lembro: minha mãe, que tenha um paraíso iluminado, deixava diariamente um prato de comida, contando treze comensais e não só os doze da casa.

A fama de que entre nós se saciava a fome, espalhou-se largo e longe nas grandes cidades famintas e especialmente na arruinada Lodz, destruída pelos alemães.

Empacotadores, carregadores, tecelões, açougueiros de Lodz, chegavam continuamente. Embora esgotados, parte deles inchada pela fome, vislumbrava-se neles coragem e uma força oculta, contanto que fossem empanturrados – eles próprios se gabavam, engasgando – "poderiam até arrancar as pedras da rua com as próprias mãos".

Largavam-se em papos exagerando quantos canecos de cerveja cada um conseguia tomar de uma vez (conquanto houvesse cerveja), quantos ovos duros e quantos pepinos em conserva, ou até quantas tortinhas doces...

Entre nós as pessoas do lugar, os conhecidos arruaceiros faziam aparecer com truques cerveja, ovos, arenque, batatas assadas e apostavam, entre os de Lodz e os locais.

Benjamin "Raker"[3], Moische Cinzento, Guedalie Com os Gansos – os três arruaceiros locais, valentões que podiam sozinhos arrasar a Sequém bíblica, como diziam os moradores do lugar – realizavam proezas: levantar uma cadeira pelo pé com a mão esquerda, quebrar um pedaço de pau no joelho, bater nas mãos até sangrar.

Num pátio, onde martelava um motor do cinematógrafo, havia uma bigorna. Arruaceiros locais e de Lodz pegaram um pedaço de ferro e prepararam uma empreitada. Quem conseguiria movê-lo do lugar?

Aproximou-se um arruaceiro de Lodz, roto e esfarrapado, cabelos encaracolados que apareciam graciosos sob o boné e se pronunciou:

– Rapazes, vocês farão uma coleta, *funde*, vaquinha de dinheiro. Eu levantarei a bigorna com uma só mão!

Entre as pessoas de Lodz sua família era bem conhecida pela fama de gente forte. Relegado à condição de andarilho, porém, temiam que ele não conseguisse sobrepujar os enormes e bem nutridos provincianos grosseiros. Abriram-lhe o caminho de acesso à bigorna.

A turma examinou atentamente o homem que se propunha realizar tamanha proeza. Era mais baixo e mais franzino que

---

3. *Benjamin Raker* - " *Raker* " – (de alemão e ídiche) perseguidor de cães, ou pessoa que bate nos cães.

Guedalie Com os Gansos (cujo andar afundava os paralelepípedos), porém modelado, um lutador. Só quando tirou a jaqueta se notaram seus braços, que pareciam rolos compressores providos de garras, à guisa de mãos. Os músculos brancos e sardentos sobressaíam, embora ele ainda não tivesse se retesado. A cabeça arredondada e cacheada brilhava e tornava o trintenário cerca de dez anos mais jovem. Ele sorriu satisfeito pelas forças que emergiam de seu corpo.

Ele completou a postura, que depois passou a ser sua característica: pés meio separados.

Como um cão que primeiro fareja o osso, antes de decidir mordê-lo, o jovem de Lodz começou a empurrar a grande peça de ferro para lá, para cá – até que, no meio do silêncio mortal dos espectadores – sob a impressão de que haveria ali uma execução –, com o polegar da mão direita enfiado no buraco da bigorna, de um só golpe, colocou o ferro em pé, com a ponta para cima.

Foi uma confusão. O gentio do motor gritou que se tratava de feitiçaria, de magia, de abracadabra. Benjamin "Raker", Guedalie e toda a turma dos valentões juntos não poderiam ter levantado aquela possante peça de ferro.

Zische Breitbard, com a camisa remendada, suado, o rosto vermelho e afogueado, cercado dos andarilhos pedintes de Lodz, calmamente exigiu:

– Rapazes, passem para cá o dinheiro da coleta!

Como um trovão, o caso ressoou pela cidade. Os responsáveis pela cozinha da Casa do Povo retiveram os andarilhos por mais alguns dias. No pátio, junto ao motor, havia um tumulto o dia todo. As pessoas observavam a bigorna e avaliavam seu peso em libras.

Tudo começou com a arte da bigorna. Zishe Breitbard tinha se revelado.

Zische deixa-se enterrar vivo

Os judeus disputavam para tê-lo como hóspede no sábado. O dono do cinematógrafo ganhou a parada. Entretanto, Zische não queria ir sozinho, mas com um colega seu, também um andarilho, o qual farejou que naquela cidade de fartura eles poderiam encontrar a sorte grande.

No cinematógrafo passavam partes de filmes gastos e remendados. Os freqüentadores ficavam com dor nos olhos devido ao "chuvisco" que se formava nas imagens remendadas. O amigo de Zische combinou com o dono que, após cada sessão, Zische apresentaria suas façanhas.

Zische inventava cada dia novos lances, ensaiava todos os números com seu irmão, em casa. Benjamin "Raker" levantava uma cadeira com a mão esquerda, Zische levantava duas cadeiras com pessoas sentadas sobre elas.

Tornou-se moda bater pregos em tábuas. Para os fortes do local era questão de vida ou morte fincá-los também, como o homem de Lodz. Apesar de se ferirem nas palmas das mãos, mais que espetar as pontas, nem os mais fortes do lugar conseguiam.

Zische dava uma cuspida na palma da mão e o prego entrava na tora ou na tábua quase até a cabeça; a madeira chegava a rachar.

Fincar pregos com a palma da mão tornou-se o máximo de suas façanhas: o prego viria a tornar-se, dez anos mais tarde, seu anjo da morte.

Estes eram, no entanto, números populares com coleta de dinheiro. No cinematógrafo era necessário apresentar criações teatrais mais elaboradas.

Não se sabe de quem foi a idéia. Certamente, não de Zische. Raramente tomava a iniciativa de novas atuações; ele era sempre

desafiado, provocado e instigado. Sua cabeça encaracolada dizia para tudo:
– Sim, por que não?
Deixou-se enterrar vivo. Ao final de cada sessão, isto é, três vezes por noite, Zische deitava-se no palco dentro de um ataúde, com o rosto para baixo. Colocavam uma tampa, e dois coveiros com pás despejavam um carrinho de areia. Sobre o "túmulo" punham uma coroa com a inscrição polonesa: Z.B.
Dez minutos, dez longos minutos, Zische permanecia enterrado. A sepultura se movimentava cada vez mais. O público na galeria começava a gritar: "Basta, basta!"
No palco encontrava-se o prático de medicina que, além de barbeiro e dentista, era também professor de ginástica e esportista. Com um relógio na mão, como um carrasco, ele contava os minutos em voz alta:
– Seis... sete... oito...
Ao décimo minuto, quando rapidamente desenterravam Zische, muitas vezes já inconsciente, ele, cambaleante, ia trôpego, como um bêbado, para trás dos bastidores, para dentro de duas horas repetir o sepultamento.
Aconteceu certa vez que o barbeiro não judeu, Stempschinski, começou a gritar que era uma tapeação judaica, combinada entre o carregador de Lodz e o barbeiro judeu. A galera obrigou então Stempschinski a examinar o ataúde, a quantidade de areia e ele próprio fazer a contagem.
Ao sexto minuto o barbeiro gentio não agüentou mais e ordenou que desenterrassem Zische rapidamente. Ele aproximou-se do valente judeu e deu-lhe um beijo.
O primeiro revés que veio dos gentios Zische teve alguns dias mais tarde. Foi com a mesma bigorna, porém em outra proeza. O "empresário" de Zische – o andarilho de Lodz que, com o

tempo, tirara a jaqueta e se tornara o seu escudeiro – construiu uma mesa baixa cravada de pregos com as pontas para cima, sobre a qual Zishe se deitava com as costas esticadas. Seis pessoas colocavam sobre o seu peito a bigorna.

Dois ferreiros poloneses martelavam pesadamente sobre o ferro que se encontrava sobre o peito de Zische; os pregos da mesa espetavam suas costas e o sangue chegava a gotejar. Os ferreiros martelavam, ora um, ora outro: Tuque! Tuque!

O corpo de Zishe formava uma espécie de ponte arqueada. Os dois gentios martelavam e martelavam. Um deles parecia ter sido acometido de fúria extrema e, após as marteladas sobre o ensangüentado e arfante herói, ainda lhe deu um pontapé:

– Que o diabo te carregue, judeu sarnento!

Virou uma baderna. Judeus e gentios criaram dois partidos. As vozes judaicas sobrepujavam: – Bravo, Breitbard! Bravo!

O poderio alemão de ocupação interferiu. O alvará de funcionamento e apresentação do valente judeu foi retirado.

"ZIGMUND, O REI DO FERRO"

Todos juntos eles deixaram Vlotzlavek. De início apresentavam-se nas pequenas aldeias das redondezas. Foram se aproximando, em seguida, da Alemanha. Ao fim da guerra, Zische, o outrora carregador e andarilho de Lodz tornara-se uma pessoa famosa na Prússia. A imprensa considerava-o um fenômeno. Sua fama continuava aumentando, bem como suas posses. Ele vinha sendo continuamente contratado por circos. Em 1920-21, apresentou-se nas principais casas de espetáculo de Berlim, Hamburgo, Munique e Viena.

Naquele tempo e nos referidos países havia um campo auspicioso para todos os tipos de truques sensacionais, demonstração de força, uma proliferação de números artísticos e abracadabras. O desmobilizado exército alemão contribuiu com vários tipos físicos, pessoas tremendamente fortes.

Quando o judeu de Lodz, de pele clara e cabelo encaracolado conquistou a imprensa e o público com os famosos números de deixar passar sobre si caminhões, martelar a bigorna colocada sobre seu peito ou sobre sua cabeça, ele, Zische, Zigmund, colocou-se algumas vezes em posições ridículas. Apareceu um bando de alemães atléticos que fincavam pregos em tábuas (pregos maiores, tábuas mais finas...). Cada qual invejava o judeu polonês, o judeu do Leste, Zigmund. Zigmund era vestido por seus empresários no estilo dos Césares romanos e atingia a arena numa clássica biga romana – como se vê em antigas ilustrações.

O potente judeu mordia e arrancava correntes, amassava e abria ferraduras, esticava-as em lingotes de ferro, quebrava chaves e partia moedas.

Sob o impacto da psicose das correntes que dominava a Alemanha devido a Zische, apareceu um guarda de Dantzig, uma monstruosidade perigosa por seu peso e altura. Ele executou de fato todas as proezas de Breitbard e chegou a suportar que um caminhão passasse sobre seu corpo. Também quebrou correntes.

Todos os valentes atinham-se às proezas manuais. Na hora de morder, restava apenas Zigmund.

No renomado Circo Busch, em Berlim, nosso herói já detinha o título de "rei do ferro", mordendo uma corrente de ferro. Introduzia a corrente até o fundo da boca e a travava, esticava o braço e começava a roer com os molares. O roedor convertia-se num só nervo tenso e intumescido. Após alguns instantes a corrente estava quebrada. Efetivamente separada em duas partes.

Certa vez, pôs-se de pé um alemão maldoso, um anti-semita, daqueles que eram inevitáveis a cada apresentação, para apanhar o judeu em uma fraude e desmascarar o "pacto secreto" entre a imprensa judaica e os proprietários dos circos. Ele se levantou, aproximou-se do júri, apresentou uma placa de aço relativamente grossa e desafiou o judeu a mordê-la.

– Você traz correntes com soldas moles, preparadas especialmente para você. Quem sabe quais são os elos especiais que se encontram em cada corrente, fáceis de serem mordidos? Então, se você é realmente um fenômeno, como o consideram, de uma fortaleza excepcional, morda esta plaquinha plana!

Zische, que sempre se deixava levar, até em sugestões aventureiras, e que de fato confiava em que era capaz de tudo, até de coisas extraordinárias, apanhou a plaqueta brilhante. O júri tomou-a dele e a testou com uma lima: aço duro!

Na sala ergueu-se um murmúrio, um burburinho. O valente judeu sentia-se desconfortável; milhares de pessoas cravavam seus olhares nele e muitos exigiam, de forma sádica, que ele não recuasse! Era um momento crucial, parecendo que a carreira de Zische dependia de morder a plaqueta brilhante. O principal: manter sua honra.

Boa parte do público era constituída por judeus. Judeus do Leste que tinham vindo apreciar seu herói. E eis que ele era colocado à prova. Pareceu-lhes, aos judeus, que logo, logo, como uma bolha de sabão, iria estourar a glória de Zische e, com ela, sua própria honra e inclusive sua segurança. Seriam apontados como judeus farsantes. Assim se sentia uma comunidade judaica na Idade Média, quando se arrastava o rabino para uma disputa, uma discussão religiosa.

Uma vibração imperceptível dos espectadores judeus chegou até Zische. Ele procurou intuitivamente com o olhar aqueles grupos judeus, entre o público. Eles se entendiam reciprocamente. Zische pegou a placa de aço. Ela simplesmente não tinha um ponto de apoio. Ele não podia forçar os molares e nem atacar por aí, com os incisivos. Era uma trama diabólica do gentio. O valente fenômeno tomou uma decisão. Começou a morder no meio, não no canto. Mordia com vigor, com fúria, descansava por um instante – aqueles que estavam próximos ouviam dele um suspiro – um minuto depois, na segunda mordida, a plaqueta de aço estava dividida em duas.

O júri levou a placa de metal até o alemão que a apresentara. As marcas dos dentes estavam visíveis nos dois pedaços mordidos, como um tablete de chocolate.

Os judeus sentiam-se aliviados – fora retirada uma pedra de seu coração. Puseram-se de pé e gritaram, regozijaram-se; queriam até lançar-se sobre o herói e cobrar dele a loucura de ter aceito aquela exigência, considerada por eles como uma provocação.

As bravuras que se seguiram já não passavam de brincadeiras infantis: colocaram-lhe sobre a cabeça e também sobre os pés uma pedra. Sobre o abdome de Zische, que ficou simplesmente plano, montaram um carrossel com cavalinhos de madeira e cadeirinhas sobre as quais sentavam-se crianças. As crianças brincavam e faziam travessuras como num parque de diversões, o realejo acompanhava e Zische, deitado, jogando com a sorte, girava o carrossel, girava cada vez mais forte!

Zische, com freqüência, não percebia o perigo que os invejosos ou simplesmente os anti-semitas faziam pairar sobre ele. Assim como em Vlotzlavek, na sua estréia, ele deixou que lhe colocassem sobre a cabeça uma bigorna, na qual um ferreiro martelava. Era uma façanha grosseira e horrível. Então aconteceu, intencionalmente ou não, que o ferreiro atingiu o lado da cabeça. Ao contrário: os números de força mais bonitos e preferidos eram suas "miniaturas": todos os tipos de tecituras em ferro; entrelaçava uma guirlanda, uma rosa, torcia monogramas de ferro. Encantador, Zische costumava tomar nas mãos uma ferradura e, lentamente, muito lentamente, esticava-a em linha reta. Os artefatos de ferro eram amassados por suas mãos, como uma pasta.

Outras vezes colocava-se sobre seu possante tórax, uma pedra de forja; em seguida três lápides eram colocadas sobre a forja e um dilapidador despedaçava-as em fragmentos sobre ele. O martelo soava na pedra e um eco ressoava no peito de Zische.

Zische estava deitado, como sempre, sobre pregos...

Seguiram-se as proezas com as rodas: com uma das mãos ele erguia um eixo com duas rodas de uma carroça. Em cada roda penduravam-se duas pessoas. Zische movimentava-as, virando, cada vez mais rápido, mais rápido. Ele próprio mantinha-se imóvel. Ele as passava literalmente de dedo para dedo. As pessoas se assustavam: a força centrífuga lançava-as para fora.

A uma cidade da Bavária chegara um circo espanhol. A atração em seu programa era a luta com os touros.

A luta entre homem e touro é muito tensa e perigosa. O toureiro, montando um cavalo, precisa ser bem apto para o seu ofício e manejar habilmente o pano vermelho com a espada. Caso contrário, será pisoteado pelo touro. Habitualmente é o touro que cai morto. Entretanto, nesse jogo perigoso e incitante, o toureiro vê a morte diante dos olhos. Houve touradas com fins trágicos.

Entre o público do circo espanhol encontrava-se Zische, O Rei do Ferro Zigmund. O público ensandecido, que acabara de presenciar o dramático espetáculo com os touros, ainda sentindo cheiro de sangue, recepcionou-o estrepitosamente e cobrou dele maiores façanhas.

O melhor desempenho de Zische ocorria quando em contato com o povo, um povo constituído por pessoas determinadas, sofridas e agitadas. Nessas circunstâncias ele era capaz de demonstrar o impossível.

No dia seguinte foi afixado o cartaz: Luta entre o Rei do Ferro, Zigmund, e o touro. O Rei do Ferro deve se apresentar para a luta sem facas, somente com as mãos.

Na noite crítica, nosso herói, que em sua ingenuidade se deixara levar de forma ultrajante várias vezes, foi empurrado para uma arena fechada. Ele havia enfiado no cinto uma espécie de estilete, para qualquer eventualidade. Além de Zische nunca ter praticado nada parecido, somente havia alguns dias ele presenciara pela primeira vez a luta dos touros.

O touro foi atiçado por outros – os empregados do circo. Zische agitava um tecido vermelho. Quando o touro correu para ele, Zigmund Breitbard desferiu-lhe, com o punho, um murro assustador que ecoou no circo como um trovão e foi ouvido nas ruas da vizinhança, como o estouro de uma bomba. O animal jazia morto.

Zische coloca as tiras dos filactérios e o rabino o abençoa

Só quando Zische se tornara célebre no mundo, retornou para a Polônia como um vencedor. Isso foi logo após ter demonstrado grande coragem durante um assalto dos nazistas da época, os "populares" a uma reunião judaica em Leipzig (ou em Breslau). Ele enfrentara um grupo de algumas centenas de desordeiros e, após derrubar alguns, todo o grupo fugiu apavorado.

– Zigmund está aqui!

Não demorou muito para Zische ver-se cercado em Varsóvia e Lodz por um bando de arruaceiros fortes, no sentido exato do termo, sem conotação pejorativa. No auge da fama e, tendo por esposa uma judia alemã de origem aristocrática, ele continuava sendo o mesmo democrata, o mesmo homem do povo.

Os judeus logo "idischizaram" suas façanhas: ele enrolava tiras de barra de ferro como se colocam as tiras dos filactérios, trançava plaquetas metálicas como se fossem velas para a *Havdole,* para o término do sábado, amassava o ferro como se fossem *Khales,* pães trançados, e moldava estrelas de Davi.

Traziam ao tablado todo tipo de barra de ferro de fábricas de janelas. Em poucos minutos tornavam-se retalhos.

Entre as festividades de *Purim* e de *Pessakh,* Zische dedicava suas apresentações a *Moess Khitim,* benemerência para os necessitados. A satisfação dos judeus era de fato imensa.

É que no palco se encontrava um judeu, como todos os judeus, cujos pais todas as pessoas conheciam, assim como a ruela onde nascera, e eis que ele apresentava proezas extraordinárias: subia sobre a arena com seu carro e puxava-o com correntes pesadas. Ele não as arrebentava em pedaços, não, ele separava elo por elo, e os atirava aos espectadores, como se atiram balas. Ao passar, arrancava um elo e o atirava; continuava andando, arrancando e atirando – até terminar a corrente.

Colocava ambas as mãos firmes, segurando dois pedaços de corrente às quais se amarravam cordas, e dez pessoas de cada lado puxavam a corda com o objetivo de separar as mãos de Zische. Tal qual uma coluna de uma ponte, Zische permanecia com as pernas afastadas – quase impassível. As vinte pessoas eram incapazes de mover Zische um só passo. Logo se cansavam e desistiam da brincadeira.

Isso, porém, eram ninharias. Todos aguardavam a atração máxima do programa: a passagem do caminhão. Sobre a mesa de pregos – com as pontas para cima! – Zische se organizava numa posição de ponte; sobre seu abdome eram colocadas tábuas com a largura de rodas. Um caminhão carregado com pesados fardos e pedras aproximava-se, vindo dos bastidores. O motorista buzinava como para que a pessoa deitada deixasse livre o caminho. No final, o caminhão, lentamente, subia sobre Zische. Detinha-se por um instante, passando para o outro lado.

Ninguém podia avaliar quão difícil era aquilo, quanto esgotamento nervoso e quanta dor essa brincadeira gigantesca representava para ele! O público divertia-se à grande.

Os cantores de rua de Varsóvia, os trovadores mendigos, às pressas, compuseram rimas e cantaram com melodia tradicional festiva:

Zische Breitbaard de Lodz
O segundo valente Sansão
Enquanto aquele parte correntes de ferro
Sobre este passa um caminhão.

Uma vez Zische promoveu uma apresentação em Varsóvia, para os pobres adquirirem carvão para o inverno. O rabino de Radzimin – contava-se – ficou emocionado com o bom coração de Zische e proferiu-lhe uma bênção em hebraico, que passou a ser repetida pelos *Khassidim*, sempre que encontrassem Zische: "Bendito sejas, ó Eterno, nosso Deus, Rei do Universo que concedeste tua benevolência para o ser humano".

Voltando a Benjamin "Raker", o perseguidor de cães

Em 1925 apareceram em Vlotzlavek pessoas uniformizadas com emblemas Z.B. Vieram de Radom, em pesados e elegantes caminhões emoldurados com placas também enfeitadas com Z.B. O outrora andarilho vinha à cidade onde se revelara.

Ele alugou todo um hotel para si e sua comitiva: empregados, cocheiros, cozinheiros. Todos estavam regiamente vestidos com calças de listas douradas e o emblema Z.B.

O próprio Zische vestia-se como que fantasiado para uma representação de Purim, com pompa "à la Mussolini", portando um tipo de capacete e uma pelerine. Chegou à arena do circo num carro puxado por quatro cavalos em fila indiana. O teatro local mostrara-se pequeno para o público e para o empresário, que tinha despesas fabulosas.

Zische saltou do carro. Um empregado tirou-lhe a pelerine, outro, o capacete. Percebia-se uma certa rigidez numa de suas pernas. Mancava um pouco, o forçudo.

Ao introduzir um prego numa tábua, durante a apresentação de um número simples, o prego tinha-se-lhe enterrado no joelho. Ele já carregava consigo a semente da morte.

Os milhares de espectadores aprontavam os binóculos. Benjamin "Raker" e Moische Popielak, que anos atrás partilhavam com ele os jantares alegres e as *fundes*, encontravam-se próximos e foram por ele reconhecidos.

Foi quando Zische exibiu uma proeza.

Enrolaram uma corda no meio de um trilho de trem. Zische se abaixou até o chão e mordeu a corda com energia. Bem lentamente, como um guindaste no porto ao carregar navios, ele se ergueu com o trilho na boca. Finalmente, pôs-se de pé. Os joelhos tremeram um pouco, mas por pouco tempo.

Dois homens se aproximaram – para que não restasse dúvida, não eram de sua equipe – e se penduraram nas duas extremidades do trilho. O rosto de Zische tornou-se vermelho. Aproximaram-se mais dois, e então, mais dois – ao todo eram seis pessoas penduradas no trilho, que estava pendurado pela corda que Zische sustentava com os dentes.

Durou um piscar de olhos. Então Zische começou a girar, a girar. As pessoas penduradas giravam cada vez mais rápido, como um carrossel, até os que estavam pendurados começarem a gritar:

– Basta, basta!

O rosto do herói está vermelho do esforço. Ele descansa. A raiva emana de seu rosto. Ele começa a bufar. Percebe-se que está debilitado com aqueles esforços sobre-humanos.

A história da proeza com os trilhos fora de fato todo um processo, ou o resultado final de uma série de feitos isolados: de início empolgara o público levantando com os dentes o ferro perigoso. O público, e também o empresário estavam ávidos: penduraram-se pessoas isoladas, em seguida duas, depois três. Então a novidade: girar.

Zische descansa, ou seja, mostra miniaturas: enrola tiras, rasga correntes, dobra um pedaço de ferro que um polonês lhe entregara em forma de um dois.

Ao final, mostra sua proeza dos cavalos!

Ao local são trazidos quatro cavalos. Não da cocheira de Zische, e sim do nobre da região. Cavalos grandes, descansados e bem nutridos. Os quatro são atrelados a um "balanço".

Com os braços estendidos Zische agarra-se ao "balanço". As pernas abertas, experimentando fixar-se à terra, ele se empenha, pronto para o jogo. Quem vencerá: ele ou os quatro cavalos?

O fustigador os estimula com o chicote estalando. Os cavalos até se assustam e querem correr. Viram-se com raiva, abaixam-se sobre os joelhos anteriores. Um deles chega a cair pelo esforço. Eles escoiceiam a terra, puxam e repuxam. Não conseguem, no entanto, mover a fortaleza Zische Breitbard.

E o fustigador bate, a chibatada estala e ressoa. O herói antepõe seu corpo e oferece o "balanço".

Uma guerra entre um homem e quatro cavalos. Cavalos do nobre, descansados. O vencedor foi o homem.

O público cristão contempla perplexo. Presencia fatos inacreditáveis. O prestígio dos judeus locais se eleva; desta vez, os poloneses dirigem-se aos judeus com respeito.

Antes de devolver os cavalos, nosso herói apresenta mais uma proeza: senta-se na charrete, mas os cavalos não são atrelados a ela: ele segura as rédeas com a boca. Isto significa que a boca de Zische está atrelada aos cavalos e ele está sentado na charrete. Os cavalos começam a correr, puxando a charrete por meio da força de Zische que, por sua vez, está sentado nela! Um número urdido com extrema coragem.

* * *

A dor no joelho se intensificou. Ele recusou apresentações subseqüentes em Vlotzlavek. – Não é apenas esforço dos músculos – argumentou – mas o principal é a tensão nervosa, a concentração. – Isto ele não pode demonstrar enquanto o joelho o aflige.

Constituía para Zische uma questão de honra não confessar sua doença; assim como um chantre, por exemplo, envergonha-se de dizer que lhe dói a garganta enquanto canta. Rapidamente ele correu ao encontro de seu próprio fim.

O médico judeu local Leib Fuks percebeu que o joelho estava negro... Zische tinha febre. O Dr. Fuks, com lágrimas nos olhos, contou a Zische a trágica verdade: gangrena...

A comitiva permaneceu em Vlotzlavek – acabaram vendendo os bens de Zische. O herói e sua esposa viajaram direto para Berlim, onde foi operado e amputado. De início – meia perna, abaixo do joelho. Depois toda a perna e em seguida a outra. A operação berlinense foi seu maior ato de bravura. Dessa vez as forças fatídicas o sobrepujaram.

* * *

Quando se espalhou o rumor da doença de Zische e depois a notícia de sua morte, as pessoas comentavam como uma fatalidade, um "dedo de Deus", e que não poderia ter sido diferente, nem diferente o desfecho. As proezas de Zische tinham sido sobrenaturais. Ele lidara com forças fatais e o fim era aquele.

Foi pranteado sinceramente; carregadores judeus banharam-se em lágrimas; eles, cujas ferramentas eram a força de suas costas e das próprias mãos, viram nele seu profeta, seu patrono.

Por muitos anos cada carregador judeu manteve sua fotografia sobre a lapela e enfeitou sua pobre moradia com o retrato de Zische. O carregador de Lodz constituiu, de fato, uma grande redenção, o *Tikun*.

Houve outra inovação: andarilhos errantes incorporaram em seu repertório a canção de Breitbard, como a mais trágica e moralista de suas canções; acompanhados de violino, eles cantavam, entoando a melodia característica dos mendigos judeus:

Em Lodz, num casebre apertado
De pais, não muito ricos,
Criou-se um rapaz que se ligou a bravuras
A respeito do qual já foi contado.

Ele se chamava Zische
E ficou por todos conhecido
Como forte e vigoroso
Desde pequeno assim tido.

Mandava toda a gente,
Quando estava ainda na escola primária,
Trazer pedaços de corrente
Que facilmente arrebentaria.

Heroicamente ele cresceu,
Bonito e com olhos charmosos.
Sendo ainda bem jovem
Manipulou pedaços de ferro tortuosos.

Suas proezas perigosas
A todos assombravam,
As mães, para suas filhas,
Como noivo o desejavam.

A permanecer num ambiente de atletas,
Desde criança Zische foi tentado.
De nada adiantou, porém,
Sua mãe ter-lhe rogado,

Que não se tornasse um lutador,
Não se apresentasse em circos.
Não conseguiu nosso Zische
Afastar-se dos atletas ariscos.

O tempo então passou,
Anos rapidamente se escoaram.
Zische cresceu como herói,
Suas proezas o projetaram.

Deixou então seus pais
E a casa de sua infância.
Para aprimorar sua bravura
Aventurou-se pelo mundo com ânsia.

Até a sorte o favorece,
Chega a ser coroado no exterior,
Onde todos lhe são submissos,
Rei do ferro, com todo amor.

Zische com riquezas a acumular,
Cada dia mais e mais,
E sua força e bravura
Tornam-no popular demais.

Num lindo e claro dia de março
Um oponente se apresentou.
Chegara a Varsóvia com estardalhaço
Um gigante que o desafiou.

E ele mostrara maravilhas
E bravuras sem conta.
Arrebentara grossas correntes
Como se rasga papel de monta.

A respeito do grande herói,
Todos o conheciam valente,
Era Zische de Lodz
Que morde ferro com o dente.

Cada noite nova platéia
Acorria para Zische ver.
Cada qual queria em cena
Apreciar novos números a aparecer.

E assim, continuamente,
Apresentava-se semanas seguidas.
Levantava pesada corrente
E esmigalhava pedras enrustidas.

Era uma noite resplandecente,
Estrelas densas no céu.
Diante de uma rua em Rodem
Há um barulho e um escarcéu.

Em direção ao jardim
Correm jovens, correm idosos,
Só porque Zische lá
Apresenta números fabulosos.

Então ele pega as placas e os pregos
E quer fincá-los como já o fizera,
Porém, não sobre as placas,
Finca-os no joelho direito e os enterra.

Zische então adoeceu,
Não podia mais divertir.
Voltou para o exterior
Onde procurou em médicos investir.

Já ninguém conseguiu
Prolongar-lhe a vida.
Tentativas empreenderam
Sendo a perna então perdida.

O grande herói tragicamente
Foi do mundo ceifado.
Um pontudo pedaço de ferro
Tirou-lhe a vida, coitado.

No cemitério berlinense
Um pequeno túmulo existe.
Todo aquele que por lá passa
Sem prantear, não resiste.

NOTAS BIBLIOGRÁFICAS

HADASSA CYTRYNOWICZ

Os contos deste volume foram selecionados dos dois livros publicados de Meier Kucinski:
1. *Nussekh Brazil* (*Estilo Brasil*).Tel-Aviv , I. L. Peretz, Israel, 1963
2. *Di Palme Benkt Tzu Der Sosne* (*A Palmeira Tem Saudade do Pinheiro*). Tel-Aviv, I. L. Peretz, Israel, 1985 (editado pós-morte)

Os contos seguintes foram publicados em ídiche no livro *Nussekh Brazil* (*Estilo Brasil*):
Der Fiskal (O Fiscal); Fin de Mez (Fim do Mês); Itzikl, Der Goldklaper (Itzikl, o Mascate de Ouro Velho); Mona Liza (Mona Lisa); Nevroze (Neurose); Di Mulatke (A Mulata); Di Schvester (As Irmãs); Di Drosche (A Prédica); Mitzves (Mitzves, Boas Ações); Der Feter (O Tio); Rasse (Raça).

Os contos seguintes foram publicados em Ídiche no livro *Di Palme Benkt Tzu Der Sosne* (*A Palmeira Tem Saudade do Pinheiro*):
Der Dokter Un Der Pedler (O Doutor e o Mascate); Der Aktior Un Der Proféssor (O Ator e o Professor Catedrático); Schampanher Ekht Frantsoisisher (Champanhe, Autêntico Francês); Der Minien (O Minian); Epes Guepoilt (Alguma Coisa, Pelo Menos Consegui); Mazl-Tov (Mazl-Tov, Parabéns); Kádisch (Kádisch, A Oração Pelos Mortos); Schulamis (Schulámis); Der Guiber (O Homem Mais Forte do Mundo).

GLOSSÁRIO

Hadassa Cytrynowicz

A. Goldfaden – fundador do teatro ídiche, 1840-1908. Nasceu em Stari Konstantin, Ucrânia. Começou a trabalhar no teatro na Romênia – em Iassi. Peças famosas: *A Bruxa* (*Di Makhscheife*); *A Noiva Muda* (*Di Schtume Kale*), também peças sobre personagens históricos: *Bar-Kokhba; Judá o Macabeu; Schulamis*, que foram apresentadas em São Petersburgo e Varsóvia.

Ahavess Isroel (hebraico: *Ahavat Israel*) – amor aos Judeus e a devoção ao povo de Israel.

Ailn (sing. *Ail*) medida correspondente a 45 polegadas.

Aizik Méir Dick – nasceu em Vilno (1814-1893), escrevia contos populares em ídiche.

B'itkhile Orkhime (hebr. *B'itkhilu Vrakhimu*) – com grande temor e piedade.

Bal Schakhres (hebr. *Baal Schakharit*) – a pessoa que reza em voz alta a oração matutina perante os fiéis.

Bar-Mitzves (sing. *Bar-Mitzve;* hebr. *Bar-Mitzva*) – filho de mandamento; menino judeu aos treze anos é considerado responsável pelos seus atos; maioridade religiosa.

Brissn (sing. *Briss* ou *Briss Mile;* hebr. *Brit-Mila*) – cerimônia de circuncisão feita oito dias após o nascimento de um filho varão.

Cidade de Têvie – do livro: Têvie, o leiteiro,de Scholem Aleikhem

Dias da contagem de Omer (ídiche: *Sfire Teg*) – conta-se os dias entre *Peissakh* (Páscoa judaica) e *Schvues* (Pentecostes). Nesses dias é proibido realizar casamentos e festas em geral, a não ser no 33º dia *de Omer*, dia *de Lag B'oimer*, dia 18 do mês de *Íar* pelo calendário judaico. Nesta data festeja-se a memória de *Bar-Kokhba e Rabi Akiva* no levante contra os Romanos (Ano 135 da Era Comum*).*

Eil Mole Rakhamim (hebr. *El Male Rakhamim*) – "Deus cheio de misericórdia" – uma oração pelos mortos, dita no túmulo, ou no aniversário da morte.

Esther Rokhl Kaminski – 1870-1925, grande atriz do teatro ídiche. Pertencia a uma família de atores: seu pai tinha companhia própria de teatro em Varsóvia, sua filha foi grande atriz de teatro e cinema: *Ida Kaminski* (filme: *A Pequena Loja na Rua Principal*).

Ezra e Linat Hatzedek – sociedades de beneficência.

Filactérios (em ídiche *Tfíln*; hebr. *Tfilín*) – cubos de couro com textos sagrados, e tiras compridas também de couro, que judeus religiosos envolvem o braço esquerdo e a testa, todas as manhãs para a oração.

Goi – literalmente: povo – na Bíblia. Também é usado para designar um gentio, ou um judeu que não segue a religião judaica.

Guilgl (pl. *Guilgulim*; hebraico: *Guilgul-Guilgulim*) – metamorfose; na cabala: reencarnação, perambulação da alma.

Havdole (Havdala-hebr.) – literalmente: separação, é uma oração sobre um cálice de vinho proferida no sábado à noite para separar o dia sagrado do dia comum .

I.L. Peretz – famoso escritor ídiche e hebraico. Nasceu em Zamosc, Ucrânia, 1851-1915. Escreveu contos populares, peças de teatro, contos *khassidicos*. Alguns contos: "Três Prendas" (Drai matunes); "O Tesouro" (Der Oitzer); "Bontche, o Silencioso" (Bontche Schwaig), Vigia Noturno (em português: *Contos de I.L. Peretz* – Editora Perspectiva).

Iákhnes (sing. *Iákhne*) – mexeriqueiras e bisbilhoteiras.

Ídiche (ou iídiche) – a língua falada por judeus *Asquenazitas*, do leste Europeu. A língua já tem 1000 anos, e usa o alfabeto hebraico.

Ieschúe (hebr. *Ieschuá*) – salvação, ajuda.

Íom Kiper (hebr. *Íom Kipur*) – dia do perdão, de jejum. É o dia mais sagrado do calendário judaico.

Iómim Neróim (hebr. *Iamím Noraím*) – dias terríveis, temíveis, dez dias do Ano Novo judaico, até *Iom Kíper*.

Iontev (hebr. *Iom Tov*) – feriado, literalmente: um dia bom.

Ivre taitch – assim chamavam antigamente a língua ídiche; língua arcaica das traduções antigas de livros hebraicos para o ídiche.

Josef Opatoschu – 1886-1954, nasceu em Mlava-Polônia. Escritor famoso ídiche. Livros: *Oif iene zait Brik (Do Outro Lado da Ponte)*; *In di Poilische Velder (Nos Bosques da Polônia)*; *Roman fun a ferd ganev (Romance de um Ladrão de Cavalos)*.

KÁPETE – longo capote preto, usado pelos judeus religiosos.
KASCHRES (hebr. *kaschrut*) – a pureza, adequação ritual dos alimentos. *Koscher* (hebr. *Kascher*) comida adequada à dieta judaica.
KEHILES (sing. *kehile*; hebr. *kehilá*) – comunidades judaicas organizadas.
KHALES (sing. *Khale*; hebr.*khalot*, *khala*) – pães trançados para o Sábado e dias festivos.
KHASSIDISMO – movimento religioso místico judaico do séc.18-19, na Europa oriental. Fundador do movimento: Rabi Isroel Bal Schem Tov (conhecido por *Bescht*). *Schem Tov* quer dizer: Bom Nome.
KHESSED SCHEL EMESS – Sociedade Beneficente da Última Caridade para enterros.
KHEVRE KADISCHE – Sociedade Cemitério Israelita
KHEVRE TEHILIM (hebr. *Khevrat Tehilim*) – Sociedade que reza os Salmos.
KHILEL HASCHEM (hebr.*Khilul Haschem*) – ofensa ao nome de Deus, profanação.
KHOMESCH (hebr. *Khumasch*) – os cinco livros da Torá, ou cada um dos livros da Torá.
KHOMETZ (hebr. *Khametz*) – comida fermentada, é proibida em *Peissekh* (Páscoa judaica).
KHUMESCH TAITCH – a tradução ídiche do Pentateuco.
KHUPE (hebr. *Khupá*) – pálio nupcial sob o qual se encontram os noivos durante a cerimônia religiosa; casamento religioso.
KHUSSID (pl.*Khassidim* –; *Khassid* – *Khassidim* – hebr.) – pio, beato, adepto ao *Khassidismo*, seguidor de um Rabi.
KOL NÍDRE (hebr. *Kol Nidrei*) – a oração mais importante de *Iom Kíper* no início da noite.
KRISCHME (hebr. *Kriat Schmá*) – oração que inicia-se com as palavras: *Schma Isroel!*, " Ouve ó Deus!" (hebr. *Schmá Israel!*) o judeu a reza de manhã, à tarde e ao deitar.
KUSCHERER MAKHZER (hebr. *Makhzor Kascher*) – o livro de orações adequado aos preceitos judaicos.
LESCHONE TOIVE! (hebr. *Leschaná Tová*) – Bom Ano Novo!
LITVAK (pl. *litvakes*) – judeu lituano, sujeito erudito e capaz. Havia preconceito contra *litvakes* da parte dos poloneses (judeus), achavam-nos menos religiosos na época, e muito espertos.
LODZ – cidade industrial na Polônia. A segunda maior cidade do país, após Varsóvia.

Lóschn Kóidesch (hebr. *Laschón Hakódesch*) – língua sagrada, assim os judeus chamavam o hebraico, pois era a língua das orações e de estudo.

Maimônides (em hebr. e ídiche *Rambam*) – Rabeinu Mosche Ben Maimon, grande filósofo da Espanha, 1135-1204.

Mátzes (sing. *Mátze*; hebr. *Matzót – Matzá*) – pão ázimo para *Peissekh*. Come-se *matzes* oito dias. Nenhum outro pão deve entrar em casa.

Mazl-Tov (hebr.*Mazal-Tov*) – literalmente: boa sorte.

Mekhetonim (hebr. *Mekhutanim*) – consogros.

Mezuze (pl. *Mezúzes*; hebr. *Mezuzá – Mezuzot*) – estojo de metal ou de outro material que contém um pergaminho com a oração: "*Schmá Isroel!*" "Ouve O Deus", sendo colocado no batente das portas, tanto externas como internas.

Mitzves (sing. *Mitzve*; hebr. *Mitzvot – Mitzva*) – preceitos religiosos, boas ações.

Móess khítim (hebr. *Maot khitín*) – benemerência para necessitados; dinheiro para comprar trigo, *matzes* para *Peissekh* (Páscoa judaica).

Netíles Iedáim (hebr. *Ntilat Iadáim*) – lavar as mãos é um preceito,e também se diz uma benção. Lava-se as mãos ao despertar,e antes das refeições.

Órn Kóidesch (hebr. *Aron Hakódesch*) – a Arca Sagrada onde se encontram os Rolos da Torá na Sinagoga.

Péie (pl. *péiess*; hebr. *peiá – peiót*) – cachos de cabelo laterais, usados por judeus religiosos.

Péissekh (hebr. *Péssakh*) – Páscoa judaica. Festa comemorativa à saída dos judeus do Egito, onde foram escravos. A data judaica é 15 do mês de *Nissan*. Nas primeiras duas noites há o *Seider*, jantar festivo, durante o qual é lida a história do êxodo do Egito.

Purim – festa judaica celebrada no 13º e 14º dias do mês de *Adar*. Relembra a salvação dos judeus na Pérsia pela Rainha Esther. Os judeus religiosos alegram-se, bebendo, dançando e fantasiando-se.

Reb – é o título tradicional, usado para o nome masculino como Senhor.

Rosch Haschóne (hebr. *Rosch Haschaná*) – início do Ano Novo; o Ano Novo.

Rosch Khoídesch (hebr. *Rosch Khódesch*) – o início de cada mês judaico, sendo ele um dia semi-festivo. Os dois primeiros dias de cada mês são abençoados.

Sáne Toíkef (hebr. *Netáne Tókef*) – uma prece do Dia de Perdão.

Schabat (hebr.; em ídiche: *Schábes*) – Sábado, dia sagrado, dia de descanso.

SCHALESCHÍDES (hebr. *Schalósch Seudót*) – "*Três Refeições*" – são três refeições festivas do Sábado.

SCHÁMES (hebr. *Schamásch*) – bedel de sinagoga, da comunidade, ou de um Rabi.

"SCHEMA RABE" – Uma oração: "Exaltado e Santificado seja Seu Grande Nome".

SCHIR HASCHIRIM – *Cântico dos Cânticos*, conto de Scholem Aleikhem.

"SCHMÁ ISROEL!" – "Ouve ó Deus!" Oração coletiva pelas vítimas do holocausto.

SCHOÍFER (hebr. *Schofár*) – chifre de carneiro para toque ritual.

SCHOLEM ALEIKHEM – um dos grandes escritores de literatura ídiche, seu verdadeiro nome é Scholem Rabinovitch. Nasceu em Preislav, na Ucrânia (1859-1916), escreveu contos, romances e peças para o teatro: *Menakhem Mendl, Têvie, O Leiteiro, Motl Peissi dem Khazns (Motl Filho do Peissi, o Chantre)* e muitos outros.

SCHOLEM ASCH – escritor ídiche. Nasceu em Kotno – Polônia, 1881-1957. Escrevia contos e romances. Em 1916 saiu o livro *Motke Ganev (Motke, o Ladrão)*; *A Mãe*, 1925; trilogia (anos 1927-1932*): Antes do Dilúvio*, ou *Três Cidades*. No ano de 1939, começou a escrever romances sobre cristianismo: *O Nazareno*, 1939; *Maria*, 1948. Em 1951 escreveu o romance *Moisés*. (Algumas dessas obras em português – Editora Perspectiva).

SCHTETL (pl. *Schtetlekh*) – cidade pequena, onde os judeus moravam na Ucrânia, na Polônia e Bielorus.

SCHTRAIML – chapéu redondo com pele, usado pelos *Khassidim* aos Sábados e dias festivos.

SÍDER (hebr. *Sidúr*) – livro de orações para o Sábado e dias da semana.

SIONISTA – homem de ideologia *Sionista*; *Sionismo* – um movimento político que foi fundado em 1897 por Teodor Hertzel, tendo como ideal e meta a volta para a terra de Israel, terra dos antepassados e fundar lá um país de judeus.

TÁLES (pl. *Talaíssim*; hebr. *Talít – Talitót*) – xale de oração para homens casados; *Táles Kútn* (hebr. *Talít Ktaná*) – pequeno xale de oração. O *Táles* é feito de lã ou de seda com fios de lã – franjas, nos quatro cantos do xale.

TÍKN (pl. *Tikúnim*; hebr. *Tikún-Tikúnim*) – reparo, reparação, elevação, iluminação de uma alma penada, salvação: cada coisa deve ter salvação.

TISCHE B'AV – Nove dias do mês de *Av* é dia de jejum, pela destruição do 1º e 2º templos judaicos. Não se come carne nove dias antes desta data.

TKHÍNES (hebr. *Tkhinót*) – livro de súplicas em ídiche, para mulheres.

TORÁ – Pentateuco, às vezes código religioso.

TZADÍKIM (sing. *Tzádik*; hebr. *Tzadík-Tzadikím*) – homens justos, religiosos; no *Khassidismo:* homens santos, intermediários entre os homens e Deus (como um Rabi).

TZENERÉNE (hebr. *Tzéna U'reéna*) – um livro de orações do século 16, para mulheres. É um *Khúmesch* em ídiche, Pentateuco.

YIVO – Instituto Científico Ídiche (em ídiche: Ídischer Vissenschaftlekher Institut).

ZIGMUND TURKOV – 1896-1970, ator e diretor de teatro ídiche. Fundou com Raquel Kaminski um teatro: Teatro Ídiche de Arte, em Varsóvia em 1929. Encenava Moliére, Sch. Aleikhem, Gógol, Goldfadn e outros. Veio para o Brasil após a Segunda Guerra Mundial e fundou (em grupo) o Teatro Nacional Brasileiro. Dirigiu e atuou em filmes de língua ídiche. Emigrou para Israel em 1952 e fundou *"Zuta"* – teatro itinerante em 1956. Escrevia também peças.

Título	Imigrantes, Mascates e Doutores
Autor	Meir Kucinski
Organização e seleção	Rifka Berezin
	Hadassa Cytrynowicz
Ilustrações	Meiri Levin
Projeto gráfico e capa	Ricardo Assis
Editoração eletrônica	Adriana Komura
Tradução	Genha Migdal, Meiri Levin, Dina Lida Kinoshita, Esther Terdiman, Genny Serber, Cilka Thalenberg, Tuba A. Furman, Hinda Melsohn, Hadassa Cytrynowicz, Raquel Shafir
Revisão da tradução	Rifka Berezin
	Hadasa Cytrynowicz
Revisão de provas	Maria Nair Moreira Rebelo
Digitação	Donizate Scardelai
Formato	14 x 21 cm
Tipologia	AGaramond
N. de Páginas	256
Fotolitos	Binhos
Impressão	Lis Gráfica